Johannas Tod

Im Abgrund

Eine Welt

Simon Weipert

Johannas Tod
Im Abgrund
Eine Welt

Drei Erzählungen

Bibliografische Information der Deutschen Nationalbibliothek
Die Deutsche Nationalbibliothek verzeichnet diese Publikation
in der Deutschen Nationalbibliografie; detaillierte bibliografische
Daten sind im Internet über http://dnb.d-nb.de abrufbar.

© 2019 Simon Weipert
2. Auflage 2021
Umschlagdesign, Satz, Herstellung und Verlag:
BoD - Books on Demand, Norderstedt
ISBN 978-3-7481-9489-7

Inhalt

Johannas Tod

Die Strahlen der untergehenden Sonne tauchten den Nebel des zu Ende gehenden Oktobertages in ein rötlich-goldenes Licht. Nur die Türme der Kathedrale und einiger anderer Kirchen ragten über den dichten Dunst empor, der Rouen an jenem Tag im Herbst bedeckte. Sarah und Robert blickten von einem Hügel aus lange Zeit auf die vor ihnen liegende Stadt, bevor sie sich auf den Rückweg machten. Es war ihre erste Reise nach Frankreich, nachdem sie sich vor einem halben Jahr in Frankfurt kennengelernt hatten, wo beide studierten. Sarah war, wie Robert, vor einem Jahr als amerikanische Gaststudentin nach Deutschland gekommen und arbeitete seitdem an ihrer Dissertation über die Entstehung von Planetensystemen, während Robert seine Magisterarbeit in Mittelalterlicher Geschichte schrieb. Nachdem sie in die Stadt zurückgekehrt waren, verweilten sie noch mehrere Minuten auf der Place du Vieux Marché, wo sie am Nachmittag schon einige Zeit verbracht hatten. An dem milden Herbstabend waren in der langsam anbrechenden Dunkelheit noch immer viele Besucher unterwegs, die den Platz und die Cafés mit Leben füllten. Sarah und Robert betrachteten noch einmal die moderne Kirche, die an mittelalterliche Gebäude erinnernden Häuser, die Fundamente der Kirche Saint Sauveur und die Reste der Brandmauer des Scheiterhaufens.

»Wenn man diesen Platz heute sieht, fällt es schwer, sich vorzustellen, was hier vor 600 Jahren geschehen ist«, sagte Sarah.

»Das stimmt«, antwortete Robert. »Damals waren etwa 10.000 Menschen auf diesem Platz versammelt, hörten die Predigt und wurden Zeugen der Hinrichtung von Jeanne d'Arc, die nach den Worten des Henkers außergewöhnlich grausam war. Als sie tot war, wurden die Flammen zunächst gelöscht, damit alle sich davon überzeugen konnten, dass sie nicht mehr am Leben war. Danach wurde das Feuer wieder angefacht, bis die Leiche verbrannt war. Der Legende nach ließen sich aber Johannas Herz und ihre Eingeweide trotz aller Anstrengungen des Henkers nicht verbrennen…«

»Warum haben die Leute damals sich so etwas angesehen?«

»Im Mittelalter hatten die Menschen eine andere Beziehung zum Tod. Er war im Alltag in einem Maß gegenwärtig, wie wir uns das heute kaum noch vorstellen können, besonders während der großen Pest und zur Zeit des Hundertjährigen Krieges. Das hat die Mentalität der Menschen in der damaligen Epoche geprägt, die auch als Herbst des Mittelalters bezeichnet worden ist. Außerdem haben die Engländer alles getan, um die bevorstehende Hinrichtung überall bekanntzumachen. Sie wollten Johanna, die im Krieg eine so entscheidende Rolle gespielt hatte, vor aller Augen physisch vernichten, um nicht nur sie als Person, sondern auch jede Erinnerung an sie für immer auszulöschen. Alle sollten sehen, dass die junge Frau, die sich selbst Tochter Gottes nannte, ein elendes Ende gefunden hatte.«

»Trotzdem lebt sie in der Erinnerung bis heute weiter…«

»Ja. Die Hinrichtung hatte nicht den propagandistischen Erfolg, den sich die Engländer versprochen hatten. Im Gegenteil… Viele waren zutiefst erschüttert und glaubten, sie hätten eine Heilige sterben sehen.«

»Zumindest in dieser Hinsicht war ihr Tod also nicht das Ende«, sagte Sarah.

»Nein, in gewisser Weise ist sie noch immer lebendig«, antwortete Robert, bevor sie in ihr Hotel zurückkehrten.

Am nächsten Tag ging ihre Frankreichreise zu Ende, und sie bestiegen den Zug nach Paris, von wo aus sie noch am selben Tag nach Frankfurt fuhren. Während der Fahrt sagte Sarah zu Robert:

»Die Lebensgeschichte von Jeanne d´Arc und vor allem das Ende ihres Lebens lassen mich nicht los... eigentlich merkwürdig, weil das Ganze ja schon so lange her ist.«

»Die Vergangenheit ist eben niemals völlig vergangen«, antwortete Robert. »Nichts verschwindet einfach, ohne Spuren zu hinterlassen, und meistens sind diese Spuren tiefer, als es uns bewusst ist.«

»Bei mir spielt sicher auch eine Rolle, dass meine jüngere Schwester mit acht Jahren bei einem Verkehrsunfall umgekommen ist. Dadurch wurde ich sehr früh und sehr eindringlich mit dem Tod konfrontiert, zumal sie mir sehr fehlte und alles so schnell gegangen war. Von einer Sekunde auf die nächste war sie auf der Straße von einem Auto erfasst worden. Ich habe mich immer ein wenig als ihre Beschützerin gefühlt, aber im entscheidenden Augenblick konnte ich ihr doch nicht helfen. Ich habe heute noch ihren letzten Schrei im Ohr...«

»Ja, es ist eine tragische Geschichte, die dich zutiefst erschüttert hat«, antwortete Robert und umarmte Sarah.

»Schon als Kind konnte ich nicht wirklich an die jüdische Religion glauben, obwohl meine Eltern ja sehr religiös waren«, fuhr Sarah fort. »Trotzdem war ich nie davon überzeugt, dass der Tod das Ende des Lebens ist.«

»Zumindest in der Erinnerung anderer und in den Genen unserer Kinder leben wir weiter. Das ist eine Tatsache. Alles andere ist natürlich Spekulation, aber seit jeher haben Menschen in nahezu allen Kulturkreisen an ein Leben nach dem Tod geglaubt, und auch in unserer heutigen, völlig säkularisierten Welt haben viele Menschen noch eine Ahnung davon bewahrt, dass es tatsächlich so etwas wie ein Weiterleben nach dem Tod geben könnte, auch wenn sie nicht unbedingt offen darüber sprechen. Außerdem ist unsere derzeitige, vom Materialismus geprägte Denkweise historisch gesehen nur ein kleiner Ausschnitt der Mentalitätsgeschichte, die vor fast unendlich langer Zeit begonnen hat. Auch diese Geschichte lebt in uns weiter, und niemand weiß, ob die heutigen Menschen mit ihren vermeintlich rationaleren Einstellungen klüger sind als ihre Vorfahren. Mit ihrem Glauben an ein Leben nach dem Tod waren frühere Generationen und nicht zuletzt die Menschen des Mittelalters vielleicht auf der Spur von etwas, was einen wahren Kern hat, dessen Kenntnis aber vielen von uns heute verlorengegangen ist.«

»Es ist schön, dass du das genauso siehst wie ich…«, antwortete Sarah mit einem Lächeln und fuhr fort: »Außerdem sind die Menschen heute oft gar nicht so rational, wie sie glauben. Viele Ideologien und ihre Auswirkungen in der Politik sind eigentlich kaum vernünftiger als die Irrwege der Vergangenheit, über die wir heute den Kopf schütteln. Insofern wage ich zu bezweifeln, dass es in der Geschichte so etwas wie wirklichen Fortschritt gibt.«

»Da hast du recht…«

»Nicht zuletzt werden auch Rebellen und Abweichler heute kaum weniger gern gesehen als in der Vergangenheit.«

»Das stimmt. Natürlich war auch Johanna eine solche Rebellin. Sie wurde ja nicht, wie viele glauben, wegen Hexerei verbrannt, und auch die Männerkleidung, die sie am Schluss wieder angezogen hat oder anziehen musste, war nicht wirklich das Entscheidende. Das Wichtigste war, dass sie glaubte, über die Stimmen ihrer Heiligen in unmittelbarer Verbindung zu Gott zu stehen, ohne auf die Vermittlung der Kirche angewiesen zu sein. Das sahen die kirchlichen Autoritäten als Bedrohung an und versuchten deshalb auch immer, Johanna dazu zu zwingen zuzugeben, dass ihre Stimmen sie getäuscht hätten. Das hat sie aber trotz allem nie wirklich getan, und am Tag ihrer Hinrichtung war klar, dass sie bis zum Ende an sie geglaubt hat. Diese unmittelbare Verbindung zu Gott jenseits aller Dogmen und Autoritäten war etwas sehr Persönliches und Individuelles, und es ist etwas, was wir heute sicher ganz gut verstehen können.«

»Richtig…«

»Außerdem war Johanna eine sehr willensstarke Frau, die sich mit vielen Mächtigen angelegt hat, vor allem mit den Engländern und den Burgundern.«

»Nicht zuletzt hat sie auch die traditionellen Rollen von Männern und Frauen in Frage gestellt.«

»Das stimmt. Auch das ist etwas sehr Modernes, und es hat natürlich bei ihrer Verurteilung eine Rolle gespielt.«

»Auch dieses Verständnis von der Rolle der Geschlechter ist etwas, was mich sehr berührt. Noch vor einigen Jahrzehnten wurden Frauen nur als Ehefrauen und Mütter gesehen und ansonsten kaum ernst genommen. Vor ein paar Generationen war es meistens noch undenkbar, dass Frauen nicht heirateten und stattdessen einen Beruf ausübten oder Karriere machten. Ich glaube manchmal, dass auch meine Mutter eigentlich lieber in ihrem Beruf gearbeitet hätte, wenn sie die Möglichkeit dazu gehabt hätte.«

»Ja, du hast mir davon erzählt…«

»Auf jeden Fall fasziniert mich der Aspekt der Rebellion in Johannas Leben. Ich mag Menschen, die einen starken Drang zur Unabhängigkeit haben.«

»Den hast du sicher auch… Du hattest ja manche Probleme mit deinen Eltern wegen deiner Abwendung von der Religion und weil du unbedingt Physik statt Medizin studieren wolltest.«

»Das stimmt, aber glücklicherweise waren die Konsequenzen bei mir nicht so dramatisch«, sagte Sarah.

»Da hast du allerdings recht«, antwortete Robert mit einem Lächeln.

Nach einigen Stunden erreichten sie Frankfurt und fuhren mit der Straßenbahn zu dem Studentenwohnheim im Osten der Stadt, wo Sarah lebte. Es war ein 40-stöckiges Gebäude, in dem mehrere hundert Studenten untergebracht waren. Sarah wohnte weit oben, im 36. Stockwerk, von wo aus man bei gutem Wetter eine weite Fernsicht hatte, die oft bis zu den Spessartbergen im Osten reichte. Auch an diesem Tag war die lange Hügelkette in der Ferne deutlich zu erkennen.

»Der schöne Ausblick ist das Beste an meinem Zimmer hier«, sagte Sarah.

»Das stimmt. Darum kann ich dich nur beneiden. Von meinem Zimmer aus schaue ich auf einen leeren Hinterhof.«

»Ja, ich weiß…«, antwortete Sarah lachend, während sie ihre dunkelbraunen, lockigen Haare kämmte.

Nachdem sie ihren Koffer ausgepackt hatte, gingen beide in die Küche, die nur wenige Schritte entfernt war, und kochten Tee, während draußen langsam die Dunkelheit anbrach.

Als sie wenig später beide in Sarahs Zimmer saßen, sagte sie:

»Ich habe zwar nicht viel freie Zeit, aber ich hoffe, dass ich in den nächsten Wochen die Gelegenheit habe, einige Bücher über Jeanne d´Arc zu lesen.«

»Ich glaube, das ist eine gute Idee. Ich kann dir sicher ein paar Tipps geben. Immerhin hat Johannas Geschichte ja einiges mit der Entwicklung des französischen Zentralstaats und mit dem Thema meiner Magisterarbeit zu tun.«

»Das stimmt… Mein erwachendes Interesse an Geschichte ist eine weitere Gemeinsamkeit zwischen uns«, antwortete Sarah, und beide umarmten sich. In diesem Augenblick hörten sie laute Schreie, die von draußen kamen. »Das sind Studenten, die auf dem Weg zu Partys sind. Wenn sie zurückkommen, schreien sie oft noch lauter… Ich weiß, es ist ein Ausdruck von Lebensfreude, aber manchmal geht mir der Lärm auf die Nerven, vor allem wenn ich einzuschlafen versuche. In manchen Nächten verfolgen mich die Schreie bis in meine Träume…«

»Ja… du kannst ohnehin oft nicht sofort einschlafen oder wachst im Lauf der Nacht wieder auf… In meinem Zimmer wiederum habe ich zwar keine Fernsicht, aber dafür ist es nachts ruhig. Nur ist es leider für uns beide viel zu klein, und es ist im Haus sonst keine Wohnung frei.«

»Es ist eben nichts ideal, aber vielleicht finden wir irgendwann eine Wohnung, in der wir nachts ruhig schlafen können und einen schönen Ausblick haben.«

»Das wäre natürlich das Beste«, antwortete Robert, bevor sie sich zum Abschied umarmten.

In den nächsten Wochen und Monaten fand Sarah neben der Arbeit an ihrer Dissertation ab und zu Zeit, sich mit Büchern über Jeanne d'Arc und ihre Zeit zu beschäftigen, und entwickelte dadurch auch mehr und mehr Interesse an der Geschichte ihrer eigenen Familie.

Während eines Spaziergangs sagte sie eines Abends zu Robert:

»Ich weiß, dass meine Urgroßeltern Anfang des 20. Jahrhunderts aus der Ukraine nach Amerika ausgewandert sind. In letzter Zeit habe ich mich manchmal gefragt, wo meine entfernteren Vorfahren gelebt haben. Ich glaube, dass meine Ururgroßeltern in Galizien geboren wurden. Über die Zeit davor weiß ich nichts…«

»Woher frühere Generationen kamen, lässt sich oft nicht so einfach erforschen. Möglich ist freilich, dass deine Vorfahren vor langer Zeit aus Deutschland ausgewandert sind. Entlang des Rheins gab es im Mittelalter eine große Zahl von Juden, von denen viele während der Kreuzzüge und zur Zeit der großen Pest im 14. Jahrhundert vertrieben wurden. Die meisten sind nach Polen gegangen, wo sie damals freundlich aufgenommen wurden. Einige haben sich allerdings auch in Frankreich niedergelassen, wo vor allem im Elsass später viele Juden lebten, die deutsche Namen trugen.«

»Es ist ein faszinierender Gedanke, dass meine fernen Vorfahren vor mehreren hundert Jahren hier in dieser Gegend gelebt haben könnten.«

»Mit Sicherheit wirst du es wohl nie herausfinden können, aber es ist gut möglich, wenn nicht sogar wahrscheinlich.«

»Ich frage mich, wie ihr Leben ausgesehen hat und was sie damals erlebt haben...«

»Darüber kann man natürlich nur spekulieren und versuchen, es sich vorzustellen«, antwortete Robert, bevor sie sich auf den Rückweg machten.

Einige Monate später, im Frühjahr, liefen Sarah und Robert an einem Sonntagnachmittag am Fluss entlang in die Innenstadt und kehrten dann zu dem Wohnheim zurück, in dem Sarah lebte. Es war der Tag vor dem ersten Mai, und an dem warmen Frühlingsabend waren viele Spaziergänger unterwegs, die die Wärme des zu Ende gehenden Tages genossen. Als sie einen Platz überquerten, sagte Sarah:

»Schau mal, ein Maibaum... So etwas habe ich hier zum ersten Mal gesehen.«

»Stimmt«, antwortete Robert. »In Amerika gibt es diese Tradition nicht. Vielleicht soll sie an die Rückkehr des Lebens im Frühling erinnern...«

Nachdem sie kurz darauf in Sarahs Zimmer angekommen waren und eine Tasse Tee gekocht hatten, sagte Robert:

»Du hast mittlerweile eine ganze kleine Sammlung von Büchern über Jeanne d´Arc und das Mittelalter...«

»Ja, und außerdem hast du mir ja auch manches ausgeliehen… Vieles habe ich inzwischen gelesen und dabei auch einiges über das Leben der Menschen im Mittelalter erfahren… Dabei habe ich mich manchmal gefragt, wie Jeanne d´Arc ausgesehen haben könnte.«

»Mit Sicherheit ganz anders, als die meisten glauben.«

»Ja, das vermute ich auch… Sie war auch nicht unbedingt immer das, was wir uns unter einer Heiligen vorstellen.«

»Das stimmt natürlich. Zwar war sie in mancher Hinsicht sehr außergewöhnlich, aber letztlich eben doch ein Mensch mit Stärken und Schwächen wie wir alle…«

»Das ist sicher richtig«, antwortete Sarah und blickte aus dem Fenster.

»Ich glaube, heute Nacht wird ziemlich viel los sein. Wahrscheinlich werde ich ein paarmal wieder aufwachen…«

»Bis ich gehe, dürfte der größte Lärm vorbei sein… Oder ich bleibe hier, auch wenn die Matratze auf dem Boden nicht sehr bequem ist.«

»Das ist wahrscheinlich die beste Lösung«, antwortete Sarah, und beide umarmten sich.

Einige Stunden später, gegen Mitternacht, bereiteten sich Sarah und Robert auf die Nacht vor und schalteten kurz danach das Licht aus. Während Robert sofort einschlief, lag Sarah noch einige Zeit wach, bevor sie Schlaf fand.

Im Traum fand sie sich in das Haus ihrer Eltern in der Nähe von Washington versetzt. Sarah war 13 Jahre alt, und ihre fünf Jahre jüngere Schwester Joan war an einem Frühlingsnachmittag gerade aus der Schule zurückgekehrt, während ihre Eltern, die zusammen eine Arztpraxis führten, noch arbeiteten. Joan war, wie Sarah, für ihr Alter eher klein und zierlich und hatte lange, braune, glatte Haare. Beide gingen in die Küche und bereiteten einen Imbiss zu, weil sie wussten, dass ihre Eltern erst spät nach Hause kommen würden. Danach machten beide im Wohnzimmer ihre Hausaufgaben, bevor Joan das Haus verließ, um die Tochter einer Nachbarin zu besuchen. Sarah beobachtete, wie sie die von hohen Bäumen gesäumte Straße überquerte. Dann hörte sie plötzlich quietschende Reifen und einen lauten Schrei… Als sie aufwachte, drang das laute Gelächter von Studenten auf der Straße vor dem Wohnheim an ihr Ohr. Sie drehte sich um und sah, dass Robert fest schlief, während der Mond ein fahles Licht in ihr Zimmer warf. Sarah stand auf, ging zum Waschbecken und trank ein Glas Wasser, bevor sie sich wieder ins Bett legte. Auch dieses Mal dauerte es einige Zeit, bis sie einschlafen konnte.

Schließlich jedoch fand sie sich in einer fremden, fernen Welt wieder. Sie war 18 Jahre alt und trug, wie ihre 13-jährige Schwester Judith, ein langes, grünes Kleid, während sie beide mit ihren Großeltern vor dem Kaminfeuer in einem karg eingerichteten Haus mit groben Steinwänden saßen. Beide hatten bereits zu Abend gegessen, während ihr Vater, ein jüdischer Kaufmann, noch mit seiner Arbeit beschäftigt war und ihre Mutter sich um die jüngeren Geschwister kümmerte.

Nach einer Weile sagte Sarah zu ihrem Großvater: »Du hast mir gestern von deinen Großeltern und Urgroßeltern erzählt. Wie sind sie eigentlich hierher nach Chinon gekommen?«

»Ich weiß nur, was mir meine Mutter und mein Großvater vor langer Zeit erzählt haben… Die Großeltern meiner Mutter haben vor etwa 80 Jahren in einem Dorf bei Speyer gelebt und und haben schließlich diesen Ort verlassen, als die Juden zur Zeit der großen Pest verfolgt wurden… Sie selbst waren noch nicht Opfer von Angriffen geworden, aber sie wussten, dass es nur eine Frage der Zeit war, bis es geschehen würde. Sie hatten von der Verbrennung der Juden in Basel, Freiburg und Straßburg gehört… In Straßburg beispielsweise wurde den Juden versprochen, dass sie ins Exil gehen könnten. Als sie sich alle versammelt hatten, wurden sie vor die Tore der Stadt getrieben. Dort fielen Räuberbanden über sie her, die ihnen ihre gesamte Habe abnahmen. Anschließend wurden sie in mehrere leere Holzhäuser gepfercht. Um die Häuser herum wurde Reisig aufgeschichtet und angezündet. Viele Juden haben zuerst ihre Kinder getötet. Dann nahmen die Erwachsenen sich gegenseitig das Leben, ehe die Flammen sie erreichten… In Freiburg wiederum sorgten die Patrizier dafür, dass die Juden verurteilt und auf ähnliche Weise verbrannt wurden. Danach wurden von den Leuten, denen sie Geld geliehen hatten, die Schulden eingetrieben und vom Rat der Stadt nach Gutdünken aufgeteilt. Das Erschreckende war, dass es nicht das Volk war, das den Tod der Juden verlangte, sondern die Herrschenden. Alles war im Voraus genau geplant, und manchmal hat sogar der Kaiser offiziell seine Zustimmung gegeben, wenn festgelegt wurde, wer wie viel bekommen sollte, wie es etwa in Nürnberg geschehen ist. Mit der Pest, die häufig erst viel später kam, hatte das alles eigentlich gar nichts zu tun. Die Legende, dass die Juden die Brunnen vergiften, wurde nur als Vorwand benutzt. Außerdem wussten gerade die einfachen Leute doch ziemlich gut, dass Juden genauso wie Christen an der Pest erkrankten, denn das Volk ist keineswegs so dumm, wie es die Mächtigen glauben. Die Menschen in dem Ort, wo meine Urgroßeltern wohnten, haben ihnen geraten zu gehen, bevor es zu spät ist. Schließlich sind sie schweren Herzens aufgebrochen, und nach langer Irrfahrt haben wir uns am Ende hier in Chinon niedergelassen. Obwohl die Juden mittlerweile aus Frankreich vertrieben wurden, toleriert uns Karl VII., weil er auf unsere Kredite angewiesen ist. «

»Sind wir hier sicher?«, fragte Judith.

»Für den Augenblick ja… So sicher, wie man es im Krieg eben sein kann. Freilich kann man nie ausschließen, dass auch wir von hier vertrieben werden. Deshalb haben eure Eltern und wir uns auch schon gefragt, ob wir nicht lieber nach Polen gehen sollten, wo es jetzt immer größere jüdische Gemeinden gibt und wo wir vielleicht auf Dauer besser aufgehoben wären.«

In diesem Augenblick kam Sarahs Vater nach Hause, und nach kurzer Zeit war die ganze Familie um den Kamin versammelt. Nachdem auch Sarahs Eltern zu Abend gegessen hatten, sagte ihr Vater, ein eher kleiner, etwa 40 Jahre alter Mann mit einem grauen Bart:

»Ich werde morgen einige Räte des Königs treffen... Wie ihr wisst, steckt Karl Vll. In finanziellen Schwierigkeiten und sucht Kreditgeber, um seine bevorstehenden Feldzüge finanzieren zu können, vor allem jetzt, wo die berühmte Jungfrau aus Lothringen ihn davon überzeugt hat, die Belagerung von Orléans durch die Engländer zu beenden.«

»Wir hören ständig von dieser jungen Frau, die ungefähr so alt ist wie ich«, antwortete Sarah. »Ich würde gerne wissen, wie sie aussieht und was für ein Mensch sie ist...«

»Vielleicht wirst du es morgen erfahren, denn ich glaube, dass du mitkommen solltest. Ich weiß, du träumst davon, Medizin zu studieren, aber das geht leider nicht. Stattdessen solltest du dich eher mit der Arbeit von Kaufleuten vertraut machen, um mich und später einen deiner Brüder unterstützen zu können. Ich glaube, es wäre nicht schlecht, wenn du einmal selbst siehst, wie solche Verhandlungen ablaufen... Es steht für uns durchaus viel auf dem Spiel, denn angesichts der großen Summen könnte ein schwerer Fehler schlimmstenfalls unseren Ruin bedeuten. Wer weiß, was geschieht, wenn der König diesen Feldzug verliert?... Aber letztlich müssen wir dieses Risiko eingehen, um unseren Lebensunterhalt bestreiten zu können. Wir werden uns also morgen Nachmittag auf den Weg zur Burg machen...«

»Ich werde dich natürlich gerne begleiten«, antwortete Sarah.

So brachen Sarah und ihr Vater in Gesellschaft eines anderen jüdischen Kaufmanns am nächsten Tag zur Königsresidenz von

Chinon auf, die auf einer Anhöhe über der Stadt und dem Ufer der Vienne lag. Als sie an jenem sonnigen Märznachmittag des Jahres 1429 die gewaltige Burganlage mit ihren langen Mauern und zahlreichen Gebäuden erreichten, blickte Sarah zurück auf die kleine Stadt mit ihren engen, verwinkelten Gassen und fand nach wenigen Augenblicken das Haus ihrer Eltern, das nicht weit von der größten Kirche des Ortes entfernt lag. Schließlich überquerten sie eine Brücke und betraten einen ersten Innenhof, über dem die Gebäude der Residenz aufragten, die Sarah an diesem Tag zum ersten Mal von innen sehen würde. Als sie über den Hof gingen, hörten sie aus nicht allzu großer Entfernung laute Geräusche von Hufen und klirrenden Waffen, die offenbar von Rittern oder Soldaten stammten, während Gerüche von Pferden, Rauch und Wein die Luft erfüllten. Kurz darauf passierten sie ein Tor, das unter einem der Gebäude hindurchführte, und erreichten einen zweiten Innenhof, wo mehrere Ritter in voller Rüstung Kampfübungen veranstalteten. Ihre Pferde waren kräftig, wohlgenährt und sehr gepflegt, was darauf hindeutete, dass es sich um hohe Adlige handelte. Zwei von ihnen waren sehr groß, während der dritte im Vergleich außergewöhnlich klein und zierlich erschien. Die im Sonnenlicht glänzenden Helme ihrer Rüstungen ließen nur die Augen frei, so dass ihre Gesichtszüge nicht zu erkennen waren. Erstaunlicherweise war es der kleinste der drei, der Sarahs größte Aufmerksamkeit weckte, vielleicht auch deshalb, weil er mit hoch erhobenem Kopf auf Sarah und die kleine Gruppe herabzublicken schien. Seine Art, sich auf seinem großen, schwarzen Pferd zu bewegen, seine Gewandtheit und Geschicklichkeit, aber auch seine Körperhaltung schienen nicht nur Sarah zu fesseln, sondern auch die Zuschauer, die die drei Reiter von den Fenstern aus beobachteten. In der Haltung dieses Ritters spiegelte sich ein Bewusstsein seiner Bedeutung und ein Gefühl des Auserwähltseins wider, wie Sarah es bisher noch bei keinem Menschen erlebt hatte, und auch die anderen beiden schienen ihm mit bewunderndem Respekt zu begegnen.

Als Sarah und ihr Vater nach einigen Augenblicken das angrenzende Gebäude betraten, sagte der Begleiter ihres Vaters: »Ich glaube, der kleine Ritter war Johanna. Ich habe sie noch nie gesehen, aber ich habe gehört, dass sie eine außergewöhnlich gute Reiterin ist und sich auch mit Waffen auf Pferden so gewandt bewegt, als ob sie es von Jugend an geübt hätte. Man würde nie glauben, dass sie eigentlich ein Bauernmädchen ist, auch wenn ihre Eltern vergleichsweise wohlhabend sein sollen und vielleicht davon geträumt haben, in den Ritterstand aufzusteigen.«

»Ja… Es ist eine ganz außergewöhnliche Geschichte. Der Dauphin setzt seine ganze Hoffnung in sie. Hoffen wir, dass ihr Glaube sie nicht trügt«, antwortete Sarahs Vater.

Über eine breite Treppe erreichten sie schließlich einen großen Raum mit einer hohen Kassettendecke, dessen Wände mit Wandteppichen geschmückt waren, die zahlreiche Jagdszenen zeigten. Trotz des Sonnenscheins war es ziemlich kühl, so dass Sarah die Wärme des Kaminfeuers genoss, das an der Stirnseite des Saales brannte. Ihr Vater erkannte unter den zahlreichen Anwesenden sofort einige Räte des Königs, mit denen er über den Kredit verhandeln sollte, und stellte ihnen Sarah und seinen Begleiter vor. Sarah hörte den folgenden Gesprächen zu, die sich in die Länge zogen, weil ihr Vater sich mit den königlichen Räten nicht über Laufzeit und Zinssatz einigen konnte. Nach einiger Zeit erhob sich plötzlich ein gedämpftes, aber doch deutlich vernehmbares Raunen, als eine Gestalt den Raum betrat, die Sarah sofort an den Ritter erinnerte, den sie im Hof beobachtet hatte, und von der sie wusste, dass es Johanna war. Sie trug einen mantelartigen Umhang aus rotem Samt mit einem goldenen Kreuzmuster, der an der Taille von einem breiten Gürtel zusammengehalten wurde, schwarze Strümpfe und hohe, geschnürte Stiefel, die bis zur Mitte der Unterschenkel reichten und an ihrer Rückseite mit langen Sporen versehen waren. Ihre schwarzen Haare waren in der Mitte länger, an den Seiten und hinten jedoch kurz abrasiert. Auch darin glich sie, wie in ihrer Kleidung, den anderen Rittern. Ihre Gesichtszüge strahlten ein starkes Selbstbewusstsein aus und verliehen ihr ein jungenhaftes, beinahe männliches Aussehen, so dass man sie auf den ersten Blick für einen jungen Adligen gehalten hätte. Umso erstaunlicher wirkte ihre helle, betont weibliche Stimme. Da Sarah Johanna, die einige Schritte von ihr entfernt stand, ihre ganze Aufmerksamkeit zuwandte, konnte sie einen großen Teil dessen verstehen, was gesprochen wurde.

Auf die Frage eines Adligen antwortete Johanna:

»Ich bin gerade dabei, einen Brief an die Engländer vor Orléans zu verfassen… Ich werde in etwa Folgendes schreiben: ›Ich, Johanna, die Jungfrau, befehle im Namen Gottes den englischen Soldaten, ihrem König und ihren Befehlshabern, Frankreich, das sie gegen Gottes Willen besetzt halten, sofort zu verlassen. Wenn sie dazu bereit sind, können sie mit mir Frieden schließen. Falls nicht, bin ich Kriegsherrin und werde sie zu ihrem großen Schaden heimsuchen, bis der letzte englische Soldat aus dem Reich unseres zukünftigen Königs vertrieben ist. Dann werden wir ein Kriegsgeschrei erheben, wie es Frankreich in den letzten tausend Jahren nicht mehr erlebt hat, denn ich bin vom König des Himmels gesandt, um Frankreich von den Engländern zu befreien. Wenn sie meinem Befehl nicht gehorchen, werde ich sie Mann für Mann schlagen und sie alle töten lassen. Dann wird man sehen, wem Gott das größere Recht verliehen hat. Fordert das Verderben nicht heraus und antwortet mir, wenn ihr in Orléans Frieden schließen wollt! Ansonsten werdet ihr es bald zu euren großen Unglück bereuen.‹«

Die Ritter, die sie umgaben, stimmten ihr voller Bewunderung zu und schienen ohne Ausnahme von ihrer Entschlossenheit und Siegeszuversicht tief beeindruckt.

Anschließend entfernte sich Johanna ein wenig, und Sarah verlor sie für einige Zeit aus ihrem Blickfeld, weil ihr Vater sie um ihre Aufmerksamkeit für den bevorstehenden Abschluss seiner Verhandlungen mit den königlichen Räten bat.

Nach etwa einer Viertelstunde bemerkte sie, dass Johanna allein in einer Ecke des großen Saales stand. Sie war tief in Gedanken versunken, und ihre Gesichtszüge wirkten, als ob sie mit jemandem Zwiesprache halte und der sie umgebenden Welt weit entrückt sei. Auch die Anwesenden schienen zu spüren, dass sie mit sich und der Welt in ihrem Inneren allein sein wollte, und niemand machte den Versuch, sie zu stören.

Nach einigen Minuten ertönten die Glocken der nahen Kapelle. In diesem Augenblick wandte Johanna von einem nahen Fenster aus ihren Blick zum Himmel und wirkte noch mehr so, als ob sie zu einer anderen Welt gehöre. Dann betraten zwei Geistliche den Raum, und Johanna verließ mit ihnen den Saal, ohne sich umzublicken.

Kurz darauf schlossen Sarahs Vater und die königlichen Räte die Verhandlungen über den Kredit ab, und ihr Vater, sein Begleiter und Sarah verließen die Burg auf demselben Weg, auf dem sie gekommen waren. Als sie zu Hause ankamen, sagte Sarahs Vater:

»Ich bin froh, dass wir die Verhandlungen über das Darlehen erfolgreich beenden konnten und dass es uns vor allem gelungen ist, die Laufzeit kurz zu halten. Wer weiß, ob Karl mit seinem Feldzug Erfolg haben wird? Wenn nicht, wird er vielleicht eines Tages nicht mehr imstande sein, den Kredit zurückzuzahlen… Angesichts der unsicheren Lage denken wir noch immer darüber nach, in einigen Jahren Frankreich zu verlassen und nach Polen zu gehen, wo die Lebensbedingungen für Juden besser sind. Für den Augenblick hoffe ich jedenfalls, dass Johanna mit ihren Prophezeiungen recht hat…«

»Was hältst du von ihr?«, fragte Sarah.

»Ich hatte kaum Zeit, sie zu beobachten, aber ich hatte den Eindruck, dass sie eine ganz außergewöhnliche Erscheinung ist. Sie ist anders als die vielen Visionärinnen, die ab und zu auftreten und bald wieder verschwinden. Johanna ist zutiefst von ihrer Mission überzeugt und hat dadurch eine unglaubliche Wirkung auf andere Menschen. Sie ist in der Lage, andere an ihrem Glauben teilhaben zu lassen. Es gibt Gerüchte, dass sogar der Dauphin ihre Visionen teilte… Außerdem hat sie offenbar auch die körperlichen Voraussetzungen für einen solchen Feldzug.«

»Das stimmt«, antwortete Sarah. »Ich weiß nicht genau warum, aber ich war von ihr fasziniert. Ich hoffe auch, dass sie Erfolg hat, aber leider kommt es in unruhigen Zeiten oft vor, dass Menschen aus dem Volk schnell aufsteigen und dann genauso schnell ins Verderben stürzen.«

»Da hast du recht. Wir werden sehen, wie es weitergeht.«

Nach einiger Zeit, als die Dunkelheit angebrochen war, bereitete sich Sarah auf die Nacht vor und ging zusammen mit Judith und einer weiteren jüngeren Schwester zu Bett. Immer wieder dachte sie an Johanna, die in ihren beginnenden Träumen erschien, als sie plötzlich lautes Geschrei hörte, das von der Straße kam…

Sarah drehte sich um und sah, dass Robert neben ihr noch immer fest schlief, ohne dass ihn die Rufe der Studenten vor dem Eingang des Wohnheims zu stören schienen. Als sie auf die Uhr neben ihrem Bett blickte, bemerkte sie, dass es drei Uhr morgens war. Der Mond war mittlerweile untergegangen, und nur der ferne Widerschein der Straßenlampen erhellte spärlich ihr Zimmer.

Nach wenigen Minuten schloss sie wieder die Augen, und das Dunkel der Nacht wich schnell dem Sonnenschein eines

Frühlingstages, der durch ein Fenster eines Hauses in Rouen drang, das ihrem Onkel Jakob gehörte.

»Ich bin froh, dass wir euch überzeugen konnten, mit uns nach Polen zu gehen«, sagte ihr Vater. »Das war der eigentliche Zweck unserer nicht ganz ungefährlichen Reise, auch wenn ich die Gelegenheit nutzen werde, in der nächsten Zeit noch einige Geschäfte abzuwickeln.«

»Wir glauben mittlerweile auch, dass es besser ist, wenn wir gehen. Wer weiß, wie sich die Lage hier entwickelt? Ihr konntet froh sein, dass euer Darlehen an Karl VII. zurückgezahlt wurde. Glücklicherweise ist der Krieg danach für ihn günstig verlaufen, obwohl niemand voraussehen kann, wie es weitergeht, jetzt, wo Johanna in englischer Gefangenschaft ist.«

»Das stimmt«, antwortete Sarahs Vater.

»Ich habe gehört, dass ihr Prozess bald beginnen soll. Werden die Verhandlungen öffentlich sein?«, fragte Sarah.

»Ja, sie sollen nächste Woche anfangen«, antwortete ihr Onkel.

»Wir sind ihr in Chinon einmal kurz begegnet... Was glaubst du, wie wird es mit ihr weitergehen?«

»Ich fürchte, dass ihr Schicksal besiegelt ist, auch wenn es ihr vielleicht noch nicht ganz bewusst ist. Die Angehörigen des geistlichen Gerichts werden alle Spitzfindigkeiten der christlichen Theologie aufbieten, um sie zum Tod auf dem Scheiterhaufen zu verurteilen. Johanna wird ihren Richtern allein gegenüberstehen und als ungebildetes Bauernmädchen kaum in der Lage sein, sich gegen all diese Theologen zu verteidigen.«

»Ich würde gerne dabei sein...«, sagte Sarah.

»Das dürfte nicht schwierig werden. Der Prozess findet im Schloss statt, nur ein paar Straßen entfernt von hier«, antwortete ihr Onkel.

Etwa eine Woche später fand Sarah in der Tat die Gelegenheit, einem Verhandlungstag im Prozess gegen Johanna zu folgen, der in der Rüstkammer neben dem großen Saal des

Schlosses stattfand. Nachdem sie die Wachen am Eingang des Schlosses passiert hatte, erreichte sie über eine breite Steintreppe den Raum neben dem großen Schlosssaal, dessen braun getäfelte Wände teilweise von Vorhängen verdeckt waren und der durch Kerzen und zahlreiche Fackeln erleuchtet wurde. Es waren bereits etwa hundert Zuschauer im Saal anwesend, von denen manche leise tuschelten, während gedämpftes Stimmengewirr aus dem Innenhof und von der Straße nach innen drang. Nach einigen Minuten betraten die Richter den Saal, angeführt von Bischof Pierre Cauchon, einem mittelgroßen, etwa 60-jährigen Geistlichen, bekleidet mit einem Chorrock und einer roten Soutane, in dessen zerfurchtem Gesicht sich ebenso wie in seiner Haltung ein außerordentliches Gefühl von Macht und Bedeutung widerspiegelte. Ihm folgten weitere 62 Richter und Beisitzer, die auf den Bänken auf der linken Seite des Saales Platz nahmen.

Schließlich betrat als letzte Johanna den Raum, begleitet von einem etwa 25-jährigen Geistlichen und zwei mit Hellebarden bewaffneten englischen Soldaten. Sie hatte sich deutlich verändert, seit Sarah sie in Chinon gesehen hatte. Sie trug eine einfache schwarze Hose aus Leinen und eine schwarze Jacke, die ihr bis zur Hüfte reichte. Die Gefangenschaft hatte sichtbare Spuren in ihrem Gesicht hinterlassen, das eine starke innere Anspannung verriet. Auch schien es Sarah, dass sie abgenommen hatte und mittlerweile nicht nur, wie in Chinon, sehr schlank, sondern beinahe ausgemergelt wirkte. Freilich hatte sie noch immer denselben Kurzhaarschnitt wie in der Vergangenheit. Sie wurde zu einer Bank auf der rechten Seite geführt, auf der sie allein Platz nahm, während die beiden Wachsoldaten neben ihr Aufstellung nahmen. Hinter ihr saßen einige Kleriker, die dem Prozess als Zeugen beiwohnten. Schließlich eröffnete Bischof Cauchon die Sitzung und forderte Johanna auf, eine Eidesformel zu sprechen:

»Johanna, sprecht den Euch bekannten Eid und schwört, dass ihr die Wahrheit sagen und nichts verschweigen werdet.«

»Ich sage gerne, was ich weiß, doch nicht alles«, antwortete Johanna. »Ich komme von Gott und habe hier nichts verloren.«

»Johanna, sprecht den Eid, ohne jeden Vorbehalt!«, rief Cauchon wütend.

»Es gibt Dinge, über die ich nicht reden kann, weil ich Gott und meinen Stimmen geschworen habe, sie zu verschweigen…«

»Wollt Ihr wohl endlich den Eid sprechen!«

»Es könnten mir manche Fragen gestellt werden, auf die ich nicht antworten kann, weil ich sonst Gott gegenüber wortbrüchig würde. Ist es das, was Ihr wollt? Ihr ladet Euch damit eine schwere Bürde auf.«

»Johanna, zum letzten Mal… Schwört den Eid! Sonst lauft Ihr Gefahr, dass das Gericht Euch ohne weitere Anhörung schuldig spricht.«

Schließlich sprach Johanna die Eidesformel, obwohl in ihrem Gesichtsausdruck und ihrer Stimme ein tiefer Gewissenskonflikt spürbar war.

Cauchon stellte Johanna zunächst längere Zeit Fragen zu ihrer Jugend, ihren Eltern und Taufpaten. Dann fuhr er fort:

»Ihr habt beim letzten Mal ausgesagt, dass Ihr Eure Stimmen zum ersten Mal in Eurer Jugend gehört habt und dass sie seither immer wiederkommen.«

»Ja«, antwortete Johanna. »Meine Heiligen sind seit meiner Jugend bei mir.«

»Kommen sie jeden Tag?«

»Ja, fast jeden Tag, und wenn ich sie brauche, kommen sie immer.«

»Habt Ihr Eure Stimmen auch heute gehört?«

»Ja, aber ich konnte sie nicht immer richtig verstehen.«

»Haben sie Euch gesagt, wie Ihr auf unsere Fragen antworten sollt?«

»Das gehört nicht zum Prozess.«

»Doch! Haben die Stimmen Euch einen Rat erteilt?«

»Über manche Punkte haben sie zu mir gesprochen, aber ich darf nicht darüber reden, was sie mir gesagt haben.«

»Wie oft hört Ihr die Stimmen im Gefängnis?«

»Oft, aber durch den Lärm kann ich sie häufig nicht verstehen.«

»Welche Stimme habt ihr zuletzt gehört?«

»Die der heiligen Margareta.«

»Welche Sprache hat sie gesprochen?«

»Französisch.«

»Warum spricht sie nicht Englisch?«

»Wieso sollte sie Englisch sprechen, obwohl sie doch nicht auf der Seite der Engländer steht?«

Nach dieser Antwort erhob sich ein leises Raunen unter den Zuschauern, doch Cauchon fuhr unbeirrt fort:

»Wie haben Eure Heiligen ausgesehen?«

»Sie waren an Leib und Seele vollkommen.«

»Waren sie bekleidet?«

»Meint Ihr, Gott habe nichts, um sie zu bekleiden?«

»Ihr habt vor einigen Tagen zu Protokoll gegeben, dass Ihr die Stimme des heiligen Michael gehört habt. Was hat er Euch gesagt?«

»Darüber darf ich nicht sprechen. Meinem König habe ich alles gesagt, aber ansonsten haben mir die Stimmen verboten, darüber zu reden.«

»Ist da ein Licht, wenn die Stimmen zu Euch kommen?«

»Ja, sicher, und so soll es auch sein. Das Licht ist schließlich nicht für Euch alleine da.«

»Wie kam es, dass Euer König Euch Glauben schenkte?«

»Er hat verlässliche Zeichen empfangen.«

»Wie haben sie ausgesehen?«

»Darüber darf ich nicht sprechen und werde es auch niemals tun.«

»Glaubt Ihr, dass Ihr im Stand der Gnade seid?«

»Das ist eine sehr schwerwiegende Frage….«

In diesem Augenblick wandte einer der Richter ein:

»Diese Frage ist in der Tat zu schwierig und unangemessen. Selbst ein bedeutender Gelehrter würde sich mit einer Antwort schwertun. Die Angeklagte sollte diese Frage nicht beantworten müssen.«

»Schweigt, wenn Euch Euer Leben lieb ist!«, rief Cauchon außer sich.

Dann fragte er, wieder zu Johanna gewandt:

»Glaubt Ihr, im Stand der Gnade zu sein?«

»Es ist für einen Menschen fast unmöglich, auf diese Frage zu antworten…«

»Noch einmal: Meint Ihr, im Stand der Gnade zu sein, ja oder nein?«

Nach einem längeren Augenblick des Nachdenkens antwortete Johanna schließlich: »Wenn ich im Stand der Gnade bin, möge Gott mich darin erhalten. Wenn nicht, möge er mich hineinversetzen. Ich würde lieber sterben, als nicht in der Gnade Gottes sein.«

Wieder hörte Sarah leises Gemurmel im Saal und bemerkte, dass die Richter zutiefst erstaunt wirkten und dass manche die Köpfe schüttelten.

Schließlich sagte Cauchon:

»Nun gut, wir wollen es für heute mit dieser Antwort bewenden lassen.«

Dann erklärte er die Sitzung für geschlossen, und Johanna wurde von dem Geistlichen und den Wachen aus dem Saal geleitet. Bald darauf verließen auch Sarah und die anderen Zuschauer den Raum, und Sarah hörte, wie viele Zuhörer sich erstaunt über Johannas Antworten zeigten.

Als sie zu Hause ankam, erzählte sie ihrem Vater und ihrem Onkel von der Verhandlung, deren Zeugin sie geworden war.

»Johanna gibt erstaunlich gute Antworten, die zeigen, wie sehr sie von ihrer göttlichen Mission überzeugt ist.«

»Ja, davon habe ich auch schon gehört«, antwortete ihr Onkel, »Aber leider lebt sie damit sehr gefährlich, denn die Engländer wollen sie um jeden Preis loswerden, und die Kirche sieht es nicht gern, wenn ihre Rolle als alleinige Vermittlerin des göttlichen Heils angezweifelt wird.«

»Ja, das ist wohl leider so… Auf jeden Fall möchte ich morgen wieder zuhören, wenn sie vor dem Tribunal steht…«

Am nächsten Tag folgte Sarah in der Tat einer weiteren Verhandlung vor dem geistlichen Gericht.

Nachdem Johanna und die über 60 Richter und Beisitzer Platz genommen hatten, verhörten die Angehörigen des Tribunals Johanna wiederum zu ihrer Kindheit und Jugend. Anschließend sagte Cauchon:

»Johanna, wir haben gestern unter den Richtern ausführlich die Frage erörtert, ob es sinnvoll sei, Euch der Folter zu unterwerfen. Einige Richter waren der Meinung, dass sie das einzige Mittel sei, Euch auf den Weg der Wahrheit zu führen, damit Ihr an Leib und Seele gesundet und auf den Pfad des Heils zurückfindet.«

Darauf antwortete Johanna: »Auch wenn Ihr mir alle Glieder brechen würdet, könnte ich Euch nichts anderes sagen, und selbst wenn Ihr mich dazu zwingen würdet, so würde ich hinterher sagen, dass ich nur der Gewalt nachgegeben habe.«

»Für den Augenblick«, sagte Cauchon, »hat das Gericht jedenfalls beschlossen, die Anwendung der Folter auszusetzen, obwohl eine beachtliche Minderheit der Richter sie als Arznei der Seele für erforderlich hielt. Dieser Beschluss bedeutet jedoch nicht, dass die Folter nicht jederzeit später noch angewendet werden könnte.«

Während Cauchon diese Worte sprach, zeigte sich tiefes Entsetzen in Johannas Gesicht.

Schließlich fuhr Cauchon fort:

»Ihr habt oft darüber gesprochen, wie wichtig es Euch sei, die Messe zu hören. Dafür wäre es jedoch angemessen, dass Ihr Frauenkleider tragt. Wäret Ihr bereit, Frauenkleidung zu tragen, wenn Ihr die Messe hören könnt?«

»Wenn Ihr mir versichert, dass ich die Messe hören kann, bitte ich um ein Kleid, wie es die Bürgermädchen tragen, nämlich mit einem weiten Rock. Ein solches Kleid würde ich anziehen. Aber ich bitte Euch dennoch inständig, mir die Kleidung zu lassen, die ich trage, und mich die Messe hören zu lassen, ohne dass ich die Kleidung wechseln muss.«

»Ihr müsst die Kleidung tragen, die für Euer Geschlecht angemessen ist.«

»Ich werde die Kleidung nicht wechseln, bis es Gott gefällt. Und wenn ich hingerichtet würde und dabei andere Kleidung tragen müsste, so bitte ich um ein Frauenkleid und eine Kopfbedeckung. Ich würde lieber sterben, als gegen ein Gebot Gottes und seiner Heiligen zu verstoßen. Aber ich glaube, dass Gott es nicht so weit kommen lassen wird und dass er mir durch ein Wunder zu Hilfe kommt.«

»Ihr sagt, dass Gott Euch gebietet, Männerkleidung zu tragen. Warum verlangt Ihr dann ein Frauenkleid, wenn Ihr sterben müsst?«

»Es genügt mir, wenn es lang ist…«

»Ihr beruft Euch in allem auf den Willen Gottes. Gott zeigt aber seinen Willen in den Lehren und Handlungen der heiligen Kirche. Unterwerft Ihr Euch in allem Guten und Bösen, das Ihr tut, dem Urteil der heiligen Kirche Gottes?«

»Ich liebe die Kirche. Man könnte mich nicht davon abbringen, in die Kirche zu gehen und die Messe zu hören. Was meinen Auftrag angeht, so berufe ich mich auf den König des Himmels, der mich zum König von Frankreich gesandt hat.«

»Johanna, unterwerft Ihr Euch dem Entscheid der Kirche?«

»Ich berufe mich auf unseren Herrn und seine Heiligen. Was soll daran so schwer zu verstehen sein?«

»Unterwerft Ihr Euch der triumphierenden und der kämpfenden Kirche?«

»Was ist das?«

»Die triumphierende Kirche, das sind Gott, die Heiligen und die Seelen im Paradies. Die kämpfende Kirche, das sind der Papst, die Kardinäle, die Prälaten, die Priester und die Gläubigen. Beide, die triumphierende und die kämpfende Kirche, sind unfehlbar, geleitet vom heiligen Geist. Unterwerft Ihr Euch bedingungslos der kämpfenden Kirche?«

»Gott, die Heiligen und die triumphierende Kirche in der Höhe haben mich zum König von Frankreich gesandt. Ihnen unterwerfe ich mich in allem, was ich tue. Was meine Unterwerfung unter die kämpfende Kirche angeht, so kann ich Euch im Augenblick dazu nichts weiter sagen.«

»Das ist eine sehr gewichtige Antwort«, sagte Cauchon. Dann erklärte er die Sitzung für geschlossen.

Zu Hause berichtete Sarah ihrem Vater und ihrem Onkel von dem, was sie erlebt hatte.

»Am Anfang wurde darüber gesprochen, ob Johanna der Folter unterworfen werden sollte… Sie wirkte zutiefst erschrocken und hat trotzdem eine mutige Antwort gegeben.«

»Sie glaubt, dass Gott ihr beistehen und ihr Hilfe senden wird, und wahrscheinlich wird sie diesen Glauben bis zum Ende behalten«, antwortete ihr Onkel. »Ihr Glaube hält sie am Leben, denn ihre Haftbedingungen sind offenbar so, dass ein normaler Mensch sie kaum aushalten würde. Man erzählt sich, dass sie Tag und Nacht mit angeketteten Füßen auf ihrem Bett in einem dunklen Verlies liegen muss, während die Wachen sie verspotten und als Hure beschimpfen. Außerdem gibt es Gerüchte, dass die Engländer einen Eisenkäfig anfertigen lassen, in dem sie den Rest ihres Lebens wird zubringen müssen. Eigentlich sind solche Lebensbedingungen schon Folter und würden die meisten Menschen so zermürben, dass sie wahnsinnig würden und zu keinem klaren Gedanken mehr fähig wären.«

Am nächsten Tag erfuhr Sarah, dass die weiteren Verhandlungen im Prozess gegen Johanna nicht mehr öffentlich sein würden.

»Das war beinahe zu erwarten«, sagte ihr Onkel. »Sie ist offenbar nicht das hilflose Bauernmädchen, das die Richter erwartet haben, und sie bekommen von ihr keine Antworten, die sie für ihre Propaganda benutzen könnten. Im Gegenteil... viele von Johannas Antworten lassen die Richter in einem schlechten Licht erscheinen.«

»Das stimmt«, antwortete Sarah.

Anschließend sprachen Sarah, ihr Vater und ihr Onkel über ihre Auswanderung nach Polen.

»Es wird wohl noch einige Jahre dauern, bis wir alles vorbereitet haben. Es ist eine Reise ins Ungewisse, die ein großes Risiko darstellt... Trotzdem halte ich es für besser, jetzt diesen Schritt zu tun, statt so lange zu warten, bis es vielleicht zu spät ist. Wie im Geschäftsleben haben wir auch hier keine andere Wahl, als Risiken einzugehen«, sagte ihr Vater.

»Da hast du recht. Leider geht es nicht anders«, erwiderte Sarahs Onkel.

»In welche Gegend Polens werden wir gehen?«, fragte Sarah.

»Wahrscheinlich nach Galizien. Dort leben schon einige entferntere Verwandte von uns, und es gibt große jüdische Gemeinden«, antwortete ihr Vater.

»Wie lange werden wir noch in Rouen bleiben?«

»Einige Wochen...«

»Vielleicht werden wir bis dahin wissen, was mit Johanna geschieht.«

»Das ist sehr wahrscheinlich«, entgegnete Sarahs Onkel und fuhr fort: »Die Engländer drängen zur Eile und setzen Cauchon immer mehr unter Druck, weil es ihnen zu lange dauert und weil der Prozess nicht so verläuft, wie sie es sich vorgestellt haben. Sie warten eigentlich nur auf einen Vorwand, um Johanna hinzurichten, den ihnen Cauchon aber nicht so leicht liefern kann, weil Johanna sich eigentlich nichts hat zuschulden kommen lassen, außer dass sie nicht bedingungslos an die Autorität der Kirche glaubt.«

»Die Feinheiten der christlichen Theologie sind manchmal ziemlich absurd, vor allem für uns, die wir nicht damit aufgewachsen sind. Das gilt für die Dreieinigkeit, aber auch für die Unterscheidung zwischen der triumphierenden und der kämpfenden Kirche. Ich hatte den Eindruck, dass auch Johanna nicht richtig verstanden hat, was damit gemeint ist, und dass sie deshalb eine ausweichende Antwort gegeben hat«, sagte Sarah.

»Das stimmt. Selbst einige unserer christlichen Freunde begreifen diese subtilen Einzelheiten nicht, welchen Sinn auch immer sie haben mögen. Da Johanna von Theologie keine Ahnung hat, ist es für sie sehr schwer, darauf richtig zu antworten. Ich fürchte, dass ihr das am Ende zum Verhängnis wird.«

In den folgenden Wochen erfuhren Sarah und ihre Familie nur aus den überall umlaufenden Gerüchten über die weitere Entwicklung im Prozess gegen Johanna. Sie hörten, dass die Anklage gegen die Jungfrau und ihre Aussagen der Pariser Universität vorgelegt worden waren und dass ein Urteil nicht mehr lange auf sich warten lassen würde.

Am 23. Mai wurde schließlich bekannt, dass am folgenden Tag eine öffentliche Verhandlung stattfinden würde und dass Johanna danach verbrannt werden sollte, falls sie nicht widerrief.

»Die Verhandlung soll auf dem Friedhof von Saint Ouen stattfinden, auf einem der größten Plätze der Stadt...«, sagte Sarahs Onkel.

»Ich wollte nicht in ihrer Haut stecken«, entgegnete Sarah.

»Das möchte wohl niemand… Das geistliche Tribunal wird sie vor die Wahl stellen, entweder ihren zutiefst persönlichen Glauben und damit ihre Seele zu verleugnen oder auf der Stelle zu sterben«, sagte Sarahs Vater.

»Ich weiß nicht, wie sie sich entscheiden wird. Aber auch wenn sie dieses Mal angesichts solch einer schrecklichen Wahl schwach werden sollte, glaube ich, dass sie sich am Ende treu bleiben wird… mit allen Konsequenzen«, antwortete Sarah.

»Nach dem, was ich von ihr gehört habe, dürftest du recht behalten«, sagte ihr Onkel.

Der nächste Tag war ein warmer, sonniger Frühlingstag, an dem die Bäume in der Stadt und auf dem Friedhof von Saint Ouen in voller Blüte standen und sich frisches Grün an allen Laubbäumen zeigte. Am frühen Nachmittag, einige Zeit vor dem Beginn der Verhandlung, hatte sich bereits eine große Menschenmenge auf dem Platz zwischen der Kirche und dem Friedhof versammelt, in die sich Sarah einreihte. Obwohl sie ziemlich weit hinten stand, hatte sie einen ungehinderten Blick auf die beiden hölzernen Tribünen, die für den Abschluss des Prozesses errichtet worden waren und von englischen Soldaten bewacht wurden.

Nach einiger Zeit lief ein Raunen durch die Zuschauermenge, und Sarah sah, dass eine Reihe von Geistlichen, aus einem Seitenportal der Kirche kommend, den Platz betrat. Als die Priester eines der Gerüste bestiegen, erkannte Sarah Bischof Cauchon und mehrere weitere Geistliche, während andere ihr unbekannt waren. Als alle Platz genommen hatten, verstärkte sich die Unruhe, als eine weitere kleine Gruppe mit einer zierlichen Gestalt in der Mitte die Kirche verließ und die Stufen der zweiten Tribüne erklomm. Sarah erkannte Johanna, die noch mehr abgemagert schien, und den Priester, der sie schon während der Verhandlungen im Schloss begleitet hatte.

Neben ihm war Johanna von einigen Geistlichen umgeben, die Sarah noch nie gesehen hatte. Sie hatte noch immer denselben Haarschnitt und trug auch dieselbe Kleidung wie während der beiden Prozesstage, deren Zeugin Sarah geworden war.

Nach einigen Minuten erhob sich Cauchon und sagte:

»Johanna, wir haben uns heute hier versammelt, um Euch ein letztes Mal ins Gewissen zu reden und für das Heil Eurer Seele zu beten. Unser Ziel ist es nicht, Euren Leib zu zerstören, sondern Euch um des ewigen Heils willen zur Buße und zu demütiger Unterwerfung unter die Kirche zu bewegen, die die Gemeinschaft Gottes auf Erden ist. Wir bitten Euch inständig, uns nicht zu zwingen, Euch zu verdammen und aus der Kirche auszustoßen...«

Als Cauchon wenige Minuten später seine einleitenden Worte fast beendet hatte, erhob sich wieder lautes Gemurmel in den hinteren Rängen der Zuschauer, und Sarah bemerkte ein Fuhrwerk, das hinter der Menschenmenge anhielt. Es bestand aus einem Leiterwagen, gezogen von einem kräftigen Pferd, das von einem großen, bärtigen, etwa 45-jährigen Mann geführt wurde, den zwei deutlich jüngere Gehilfen begleiteten.

»Das ist Geoffroy Thérage... der Henker«, sagte eine Frau, die in Sarahs Nähe stand.

Als Sarah ihren Blick zu Johanna wandte, glaubte sie zu erkennen, dass Tränen über ihr blasses, von Trauer gezeichnetes Gesicht liefen.

Schließlich fuhr Cauchon fort:

»Johanna, bevor wir zur Urteilsverkündung schreiten, sollt Ihr eine letzte Predigt hören, um Euch zu Reue und Umkehr zu bewegen, bevor es zu spät ist. Sie wird gehalten von Magister Guillaume Erard von der Universität Paris, der seiner Predigt ein Wort aus dem Johannesevangelium zugrundegelegt hat in der Hoffnung, dadurch Eure verstockte Seele auf den Weg des alleinigen Heils zu führen.«

Danach erhob sich ein etwa 40-jähriger Geistlicher und wandte sich an die Jungfrau, die neben ihm saß:

»Die Rebe kann nur Frucht bringen als Teil des Weinstocks‹, sagt Jesus zur Schar seiner Jünger und spricht damit zu uns allen, die wir zu seiner Kirche gehören. Ohne ihn und seine Gemeinschaft können wir nichts vollbringen, und nur mit ihm und als Teil seiner Kirche können wir reiche Frucht tragen. Jesus und die allein seligmachende Kirche sind der Weinstock, und wir sind die Reben. Wer nicht in ihr bleibt, wird wie die vereinzelte, nutzlose Rebe weggeworfen und verdorrt. Man sammelt die verkümmerten Reben, wirft sie ins Feuer, und sie verbrennen… Johanna, unser ganzes Streben ist darauf gerichtet, Eure Seele vor der Gefahr zu bewahren, in die sie durch Eure Irrtümer, Eure falschen Pläne und durch verderbliche Einflüsse geraten ist. Unser Wille ist es nicht, Euren Leib dem Feuer zu überantworten, sondern Eure Seele zu reinigen und vor ewiger Verdammnis zu retten. Doch es liegt allein an Euch, ob die Sorge und das Bemühen der Kirche Frucht tragen werden. Befreit Euch von Euren Irrtümern und Eurem falschen Stolz! Glaubt nicht länger, dass Gott sich Euch außerhalb seiner Kirche offenbart, und maßt Euch nicht länger eine Rolle an, die Eurem Geschlecht nicht zukommt. Missbraucht nicht länger den Namen Frankreichs, das einmal das Land des allerchristlichen Königs war, bis Karl, der sich König nennt, seine Herrschaft ketzerisch auf Eure verderbten Taten gründete, unterstützt von Schismatikern, die Euch geprüft und nicht verworfen haben.« Erard erhob seinen Zeigefinger und sprach mit noch lauterer Stimme, als er fortfuhr:

»Johanna, begreift die Wahrheit und seht ein, dass Euer König ein Irrgläubiger, ein Ketzer und Schismatiker ist!«

In diesem Augenblick unterbrach ihn Johanna, die bis dahin reglos zugehört hatte:

»Sprecht nicht so von meinem König! Er ist ein guter Mensch und ein guter Christ! Sprecht von mir!«

Außer sich vor Wut wandte sich Erard an den Geistlichen, der neben Johanna saß und der auch während des Prozesses bei ihr gewesen war:

»Massieu, bringt sie zum Schweigen!«

Daraufhin redete der Priester auf Johanna ein, die sich nach kurzer Zeit beruhigte, auch wenn ihr Gesicht noch immer eine starke Anspannung verriet.

Schließlich fuhr Erard fort:

»Johanna, Euer Heil liegt einzig und allein in der bedingungslosen Unterwerfung unter unsere Mutter, die Kirche. Unterwerft Euch der kämpfenden und der triumphierenden Kirche, die allein die Schlüssel des Heils in ihren Händen hält, damit Ihr nicht ausgeschieden werdet wie die Rebe, die ohne den Weinstock keine Frucht trägt…«

Als Sarah sich umblickte, sah sie, dass alle Umstehenden von Erards Predigt tief beeindruckt waren, und als er wenige Minuten später endete, war unter den Zuschauern kein Laut zu hören.

Nach seiner Predigt wandte sich Erard wiederum an die Jungfrau:

»Um Eurer Seele willen, Johanna, kehrt um, zeigt Reue und unterwerft Euch in allem dem Urteil unserer heiligen Kirche!«

»Ich unterwerfe mich in allen meinen Taten dem Urteil Gottes und des Heiligen Vaters in Rom«, antwortete Johanna. »Alles, was ich getan habe, geschah auf Geheiß Gottes. Ich lege meine Taten niemandem zur Last, am allerwenigsten dem König. Wenn ich Fehler begangen habe, so trage ich allein dafür die Verantwortung.«

»Seid Ihr bereit, Eure Worte und Taten zu widerrufen?«

»Diese Entscheidung überlasse ich Gott und unserem Heiligen Vater, dem Papst.«

»Das genügt nicht. Ihr müsst Euch vorbehaltlos dem Urteil der Kirche unterwerfen. Ansonsten werdet Ihr exkommuniziert und aus der Gemeinschaft der Gläubigen ausgeschlossen.«

Als Johanna darauf nicht antwortete, sagte Cauchon:

»Da Ihr die ausgestreckte Hand der Kirche nicht ergreifen wollt und unbelehrbar an Euren Irrtümern festhaltet, sehe ich keine andere Möglichkeit, als Euch zu verdammen und dem Urteil der weltlichen Gewalt preiszugeben.«

Noch während er diese Worte sprach, sah Sarah, wie mehrere Geistliche auf Johanna einredeten, in deren Gesicht sich eine tiefe seelische Zerrissenheit widerspiegelte.

Während Cauchon das Urteil vortrug, das die Jungfrau verdammte, wuchs die Unruhe um Johanna, die mehr und mehr von einer überwältigenden Angst vor dem Tod ergriffen schien und immer wieder von Schrecken erfüllt auf den Henker blickte, der nur wenige Meter von ihr entfernt wartete.

Als Cauchon etwa die Hälfte des Urteils verlesen hatte, hielt er plötzlich inne, weil jetzt auch die Zuschauer unruhig wurden, während die Priester Johanna immer wieder ein Schriftstück zeigten und ihr etwas zu erklären schienen, was sie offenkundig nicht ganz verstand.

Schließlich fragte er: »Was geht hier vor? Johanna, es ist noch nicht zu spät für einen Widerruf und für eine Rückkehr in den Schoß der Kirche.«

In diesem Augenblick rief jemand in den vorderen Reihen Cauchon zu:

»Verräter! Du versuchst, Johanna zu retten!«

Darauf erwiderte Cauchon:

»Ich bin soeben beleidigt worden! Man hat mich einen Verräter genannt. Ich werde nicht weiterlesen, bis der Urheber der Beschimpfung sich bei mir entschuldigt!«

Zur gleichen Zeit wuchs nicht nur die Unruhe um Johanna, die jetzt offenbar von allen Geistlichen bestürmt wurde zu widerrufen, sondern es erhob sich auch in den ersten Reihen lautes, bedrohliches Geschrei gegen Cauchon. Schließlich bemerkte Sarah, dass aus der Menge der Zuschauer vor der Tribüne, auf der Cauchon saß, Steine auf die Angehörigen des geistlichen Tribunals geworfen wurden, von denen einige fluchtartig das Podest verließen. Nach einigen Minuten drängten englische Soldaten die aggressiven Zuschauer zurück, und Sarah sah, dass Cauchon ein längeres Gespräch mit mehreren anderen Geistlichen führte und sich offenbar mit ihnen darüber beriet, was zu tun sei.

Während dieses Tumults rief Johanna plötzlich laut den heiligen Michael an und betete, die Augen zum Himmel gewandt und ganz in sich gekehrt, wie Sarah sie mehr als zwei Jahre zuvor in der Burg von Chinon gesehen hatte.

Schließlich sagte sie mit lauter Stimme:

»Ich widerrufe und unterwerfe mich in allem dem Urteil der Kirche.«

Cauchon wirkte noch immer verwirrt und diskutierte wild gestikulierend mit den Umstehenden, bis alle zu ihren Plätzen zurückkehrten.

Schließlich sagte er:

»Johanna, selbst in diesem allerletzten Augenblick ist die Kirche bereit, Euch aufzunehmen wie ein verlorenes Schaf, wenn Ihr echte Buße und Reue zeigt und bereit seid, Euch demütig in allem dem Urteil der Kirche zu unterwerfen, Eurem Irrglauben und Euren angeblichen Offenbarungen abzuschwören und um des Heils Eurer Seele willen alles zu widerrufen, was den Glaubenssätzen der heiligen Kirche widerspricht… Seid Ihr dazu bereit?«

Nach einigen Augenblicken antwortete Johanna mit schmerzerfülltem Gesicht und tränenerstickter Stimme:

»Ja…«

»Dann werde ich Euch jetzt den Widerruf vorlesen, den Ihr

Satz für Satz nachsprechen und schließlich unterschreiben werdet.«

Daraufhin nahm er ein vor ihm liegendes Dokument zur Hand und verlas den Widerruf, den Johanna mit stockender Stimme wiederholte:

»Ich, Johanna, bekenne als arme, schäbige Sünderin meine Verfehlungen:

Ich habe lügnerisch behauptet, Offenbarungen und Erscheinungen von Gott, den Engeln und den Heiligen empfangen zu haben, und habe damit in böswilliger Absicht andere getäuscht.

Ich habe Gott und seine Heiligen gelästert, die Heilige Schrift und die kanonischen Gesetze missachtet, unschickliche Kleidung und einen Männerhaarschnitt getragen und anmaßend eine Ritterrüstung angelegt.

Ich habe Hass verbreitet und grausames Blutvergießen verursacht.

Ich habe Götzendienerei betrieben und böse Geister verehrt.

Ich war eine Ketzerin und Schismatikerin, die trotz der Ermahnungen der Kirche an ihren zahlreichen Irrtümern festgehalten hat.

Diesen Vergehen und Irrtümern schwöre ich aufrichtig ab und verabscheue sie aus tiefster Seele. Ich bin auf den Weg der alleinigen Wahrheit zurückgekehrt und unterwerfe mich in allem dem Urteil unserer heiligen Mutter, der Kirche. Ich bitte um angemessene Bestrafung und Züchtigung zur Sühne meiner Schuld und nehme jede Strafe an, die die geistlichen Richter in barmherziger Sorge um das Heil meiner Seele über mich verhängen. Zugleich verspreche ich, dass ich nie mehr zu meinen alten Irrtümern zurückkehren und für immer im Schoß der Kirche bleiben werde.

All dies beschwöre ich im Namen Gottes und seiner heiligen Evangelien.«

Als Johanna den letzten Satz sprach, hörte Sarah, dass sie lachte. Es war ein Lachen, das ihr einen kalten Schauder über den Rücken laufen ließ, das Gelächter einer Wahnsinnigen, der die Herrschaft über ihre Sinne, ihre Gedanken und ihre Taten entglitten war. Keiner der Zuschauer sagte auch nur ein Wort, und alle blickten wie gebannt auf die Jungfrau, die jetzt das Schriftstück ergriff und anschließend mit einer Feder ihre Unterschrift darunter setzte.

Nach einigen Augenblicken sagte Cauchon:

»Nachdem du deinen Irrtümern abgeschworen und dich dem Urteil der Kirche unterworfen hast, verkünde ich jetzt das Urteil des geistlichen Tribunals:

Im Namen des Herrn, Amen. Nach langer, liebevoller Ermahnung bist du in den Schoß der Kirche zurückgekehrt, hast als armselige Sünderin deine Verfehlungen bekannt und deine falschen Worte und Taten widerrufen. Wir lösen dich deshalb hiermit vom Kirchenbann, vorausgesetzt dass du wirklich aufrichtig deine Sünden bereust.

Aufgrund deiner Vergehen gegen Gott und die Kirche verurteilen wir dich jedoch unwiderruflich und für immer zur Übung heilsamer Buße und zu ewigem Kerker beim Brot der Schmerzen und beim Wasser der Traurigkeit. Mögest du deine Sünden beweinen und sie in Zukunft zum Heil deiner Seele nicht mehr begehen!«

Nach der Verkündung dieses Urteils erklärte Cauchon die Sitzung für geschlossen.

Danach sah Sarah, wie mehrere Geistliche erregt mit Cauchon diskutierten, darunter auch Jean Massieu, der immer in Johannas Nähe gewesen war. Schließlich jedoch verließ Massieu zusammen mit Johanna und den englischen Wachsoldaten den Platz. Sarah beobachtete, dass er einige Worte mit Johanna wechselte, die danach tief betrübt wirkte und den Kopf sinken ließ.

Als Sarah nach Hause zurückkehrte, erzählte sie ihrem Vater und ihrem Onkel, was geschehen war.

»Sie hatte keine andere Wahl, wenn sie dem sofortigen Tod entgehen wollte«, sagte ihr Vater und fuhr fort: »Freilich wird das Leben im Gefängnis für sie so unerträglich sein, dass sie auch dort nicht lange überleben wird. Ich glaube, dass für die Engländer das wahre Urteil längst feststeht und dass sie es am Ende bekommen werden, auch wenn Cauchon im Augenblick seine Rolle noch nicht ganz in ihrem Sinn spielen konnte.«

»Das stimmt«, antwortete Sarahs Onkel. »Außerdem wird sie bald spüren, dass sie sich nicht selbst aufgeben und ihren Glauben verleugnen kann. Wenn sie dazu bereit wäre, hätte sie nie und nimmer andere so von ihrer Mission überzeugen können, wie sie es getan hat.«

»Ich glaube, du hast recht«, sagte Sarah mit einem Ausdruck des Entsetzens über das, was auch sie für unvermeidlich hielt.

Die nächsten Tage vergingen wie immer. Sarah und ihre Familie sprachen nur selten über Johanna, doch war ihr Schicksal immer gegenwärtig, und alle ahnten, dass es rasch seinem Ende zustrebte.

Am Abend des 29. Mai saßen Sarah, Judith und ihr Vater vor dem Kamin, als Sarahs Onkel nach Hause kam und verkündete, was alle erwartet hatten.

»Ich habe vor zwei Stunden gehört, dass Johanna morgen verbrannt wird. Der Henker und seine Gehilfen sind schon dabei, auf der Place du Vieux Marché alles vorzubereiten… Offenbar hat Johanna die Männerkleidung wieder angelegt. Manche sagen, dass ein englischer Adliger versucht habe, ihr Gewalt anzutun, und dass sie deshalb wieder zu ihrer alten Kleidung gegriffen habe. Vielleicht ist aber der wahre Grund, dass sie sich nicht von ihren Offenbarungen lossagen wollte…«

»Möglicherweise hat sie nach dem Widerruf gesagt, dass

sie sich nur der Gewalt und der Angst vor dem Tod gebeugt habe…«, antwortete Sarahs Vater.

»So wie sie am Ende gelacht hat, als sie den Widerruf nachsprach, war es sicher auch so«, sagte Sarah. »Es war ein unheimliches Lachen, wie ich es noch nie gehört habe, das Lachen eines Menschen, der am Rand des Wahnsinns steht und mit einer teuflischen Wahl konfrontiert wird, vor der ihn nur die Flucht aus der Wirklichkeit retten kann… Wann soll die Hinrichtung stattfinden?«

»Um neun Uhr«, erwiderte ihr Onkel.

Am nächsten Morgen um halb acht sahen Sarah und ihre Familie, wie sich Hunderte von Menschen an ihrem Haus vorbei zum Alten Markt bewegten.

»Die Engländer und ihre französischen Verbündeten haben große Anstrengungen unternommen, damit so viele Zuschauer wie möglich Zeugen der Hinrichtung werden«, sagte Sarahs Onkel. »Man erzählt sich alle möglichen Geschichten über Johanna… Angeblich war ihr vor dem Widerruf versprochen worden, dass sie in ein kirchliches Gefängnis gebracht würde. Danach wurde ihr dann allerdings noch auf dem Friedhof von Saint Ouen erklärt, dass sie in ihr altes Gefängnis zurückkehren würde, wo sie den englischen Wachen ausgeliefert war. Schließlich hat sie dann nach einigen Tagen die Männerkleidung wieder angezogen und erklärt, dass sie nur unter Zwang widerrufen habe, wie wir es vermutet haben. Früher haben viele Leute hier in Rouen, wo nicht wenige unter der englischen Herrschaft gut leben, Johanna gleichgültig oder eher ablehnend gegenübergestanden, zumal sie sich gegen Ende ihrer Feldzüge zu einer Art Söldnerführerin entwickelt hat. Jetzt aber haben offenbar die meisten Mitleid mit ihr.«

»Ich möchte bei ihrer Hinrichtung dabei sein«, sagte Sarah.

»Willst du dir das wirklich antun?«, fragte ihr Vater.

»Ich kann nicht anders… Irgendetwas fasziniert mich an ihr.«

Sarah umarmte ihren Vater und verabschiedete sich von ihm. Dann verließ sie das Haus und schloss sich dem endlosen Strom von Menschen an, die zur Place du Vieux Marché unterwegs waren. Wie in den Tagen zuvor schien die Sonne von einem fast wolkenlosen Himmel, und die leichte Kühle der Nacht war schon am Vormittag einer beinahe sommerlichen Wärme gewichen. Als Sarah gegen acht Uhr auf dem Alten Markt ankam, waren bereits Tausende von Zuschauern auf dem von Fachwerkhäusern umgebenen Platz zugegen. Da jedoch von hinten immer mehr Menschen nachdrängten, wurde Sarah in der Menge immer weiter nach vorne geschoben, zumal sie versuchte, dem Druck und der immer größeren Enge auszuweichen. Schließlich fand sie sich ganz vorne wieder, in der Nähe der drei hölzernen Gerüste, die für die Hinrichtung gezimmert worden waren. Ein Mann neben ihr erklärte seinem Nachbarn, eine der Tribünen sei für Johanna bestimmt, die zweite für das geistliche Gericht und die dritte für den Vogt von Rouen, der Johanna nach dem Schuldspruch der Geistlichen zum Tode verurteilen würde. Neben der Tribüne, die für die weltlichen Richter vorgesehen war, stand ein mehr als zwei Meter hoher, aus Backsteinen gemauerter Sockel, auf dem große Mengen an trockenen Reisigbündeln aufgeschichtet waren. Inmitten der Bündel erhob sich ein etwa drei Meter hoher, armdicker Holzpfahl, um den herum in einer Höhe von etwas mehr als einem Meter eine kleine Plattform angebracht war, auf der drei Menschen Platz fanden. Am oberen Ende des Pfahls war eine Tafel angenagelt, auf der zu lesen stand: »Johanna, die sich Jungfrau und Tochter Gottes nannte, rückfällige Ketzerin, Lügnerin, Betrügerin, Verächterin des Glaubens, grausam und hinterhältig, Schismatikerin und Beschwörerin von Dämonen«. Hinter dem Sockel mit dem Pfahl war zum Schutz der

44

Fachwerkhäuser eine etwa drei Meter hohe Mauer aus rötlichen Ziegelsteinen errichtet worden, während unmittelbar vor den Tribünen und dem Pfahl mehrere hundert mit Schwertern und Stöcken bewaffnete englische Wachsoldaten Aufstellung genommen hatten.

Mittlerweile hatten sich immer mehr Menschen auf dem Platz versammelt. Selbst unmittelbar vor den englischen Soldaten, wo Sarah jetzt stand, wurde das Gedränge beinahe unerträglich. Sarah schätzte, dass es mittlerweile 10.000 Zuschauer waren, die dicht nebeneinander standen, auf Bäume und Brunnen geklettert waren oder von den Fenstern der Häuser aus das sich ankündigende Geschehen verfolgten. Ihr Lärm und Geschrei, ihr Schweiß und ihre Ausdünstungen erfüllten die Luft und nahmen Sarah in manchen Augenblicken die Luft zum Atmen, während die englischen Soldaten mit blanken Waffen die Menge auf Abstand hielten.

Um etwa Viertel vor neun verstärkte sich die Unruhe auf dem Platz, als sich ein Trupp von englischen Soldaten den Weg durch die Menge bahnte. Als sie in ihre Nähe kamen, bemerkte Sarah, dass es die Angehörigen des geistlichen und weltlichen Gerichts waren, die sich, geschützt von den Soldaten, zu den Tribünen begaben. Sarah erkannte unter ihnen Bischof Cauchon und mehrere andere Richter, die sie während des Prozesses gesehen hatte.

Als alle Platz genommen hatten, ertönten laute Rufe aus der Menge, und Sarah hörte, dass sich aus einer der Seitenstraßen eine große Gruppe von Reitern näherte. Während sich die Eskorte auf die Tribünen zubewegte, bemerkte Sarah, dass sich inmitten der Truppe der hölzerne Leiterwagen verbarg, den sie schon auf dem Friedhof von Saint Ouen gesehen hatte. Auf dem Wagen standen ein Priester, ein etwa 30-jähriger Ordensbruder, der den schwarz-weißen Habit der Dominikaner trug, und eine schwarz gekleidete Gestalt, von der Sarah wusste, dass es Johanna war. Nachdem der Leiterwagen die Absperrung passiert hatte, verstärkten die Reiter und die sie begleitenden Infanteristen die Soldaten, die die Menge auf Distanz hielten, während die beiden Geistlichen und Johanna die für sie bestimmte Tribüne bestiegen. Sarah erkannte, dass der Priester Jean Massieu war. Auf ihre Frage antwortete eine Frau neben ihr: »Der Mönch ist Martin Ladvenu, Johannas Beichtvater.« Offenkundig in der Absicht, sie zu trösten, redete er auf Johanna ein, auf deren bleichem, tränenüberströmtem Gesicht sich eine unsagbare Verzweiflung widerspiegelte. Sie trug ein langes schwarzes Kleid, das ihr fast bis zu den Knöcheln reichte und an der Taille mit einem Strick zusammengehalten wurde. Ihr Kopf war mit einem schwarzen Tuch bedeckt, das hinten zusammengebunden war. Während die kleine Gruppe auf der Tribüne Platz nahm, wuchs die Anspannung unter den Zuschauern. Viele Menschen schienen von Johannas Anblick, ihren Tränen und ihrer Verzweiflung tief berührt zu sein, und auch die Frau neben Sarah faltete die Hände und sagte voller Entsetzen: »Oh mein Gott!«

Wenige Augenblicke später jedoch schwieg die Menge plötzlich, als sich Bischof Cauchon von seinem Stuhl erhob und sich an Johanna, das Gericht und die Zuschauer wandte:

»Johanna, wir haben uns heute hier versammelt, um eine traurige Handlung zu vollziehen, zu der sich die Kirche durch dein Verhalten gezwungen sieht. Wie oft haben wir dir unsere ausgestreckte Hand gereicht, und wie oft hast du sie höhnisch zurückgewiesen? Angesichts dieser deiner Verstocktheit bleibt uns keine andere Wahl, als heute deine Exkommunikation und deinen Ausschluss aus der Kirche zu verkünden. Doch auch wenn du für dein irdisches Leben nichts mehr zu hoffen hast, mögest du das Wohl deiner Seele bedenken und sie vor den Qualen der Hölle schützen. Wenn du Buße und echte Reue zeigst, werden Gott und seine Kirche dich selbst in dieser

Stunde noch vor ewiger Verdammnis bewahren. Auch Magister Nicolas Midi wird dich in seiner Predigt entsprechend ermahnen und einen letzten Versuch unternehmen, deine Seele zu retten und dich auf den Pfad des Heils zurückzuführen.«

Nachdem Cauchon diese Worte gesprochen hatte, erhob sich neben ihm ein großer, etwa 50-jähriger, grauhaariger Kleriker und richtete seinen Blick auf Johanna, bevor er seine Predigt begann:

»›Wenn ein Glied leidet, leiden alle anderen mit ihm.‹ Diese Worte des Apostels Paulus im ersten Brief an die Korinther mögen dich, Johanna, am heutigen Tag leiten und dir zur Mahnung dienen. Die Kirche als Gemeinschaft Gottes ist wie ein Leib, in dem alle Glieder einander bedürfen und gleichzeitig nichts sind ohne einander. Wie das Auge nichts ist ohne das Ohr und die anderen Sinne und das Haupt nichts ist ohne die Glieder, so ist der Mensch nichts ohne die Kirche, den Heiligen Vater, die Bischöfe, Prälaten, Priester und die Gemeinschaft der Gläubigen. Wenn nun aber ein irregeleitetes, von Sünde und Ketzerei befallenes Glied an einer Krankheit seiner Seele leidet, so leidet der ganze Leib. Unsere Aufgabe, die Aufgabe des geistlichen Gerichts, ist die eines Arztes, der das befallene Glied zu heilen versucht, damit es nicht andere anstecke. Gütiges Verständnis, strenge Ermahnung und andere Mittel dienen nur diesem einen Ziel: der Errettung der Seele und damit nicht nur der Heilung des befallenen Gliedes, sondern auch dem Schutz des ganzen Körpers. So wie der Arzt jedoch im äußersten Fall gezwungen sein kann, ein unheilbar krankes Glied zu entfernen, um den Körper zu retten, so kann es auch für uns unvermeidlich sein, ein vom Irrtum befallenes Mitglied der Kirche auszuschließen, auf dass sich die Krankheit nicht ausbreite…«

Nicolas Midi sprach lange, so lange, dass die Zuschauer immer unruhiger wurden und Sarah der Predigt kaum noch folgen konnte. Johanna freilich hörte aufmerksam zu und unterbrach den Prediger nicht, was damit zusammenhängen mochte, dass er, soweit Sarah seine Worte verstand, seine Predigt nicht gegen den König richtete.

Nachdem Midi seine Ansprache beendet hatte, erhob sich erneut Bischof Cauchon und verkündete das Urteil gegen Johanna:

»Wenn Irrglaube und Ketzerei von einem Glied auf den ganzen mystischen Leib Christi überzugreifen drohen, ist es die Aufgabe der Kirche, mit glühendem Eifer eine weitere Ausbreitung der Krankheit zu verhindern. Besser ist es, ein vom zersetzenden Gift der Zwietracht befallenes Glied auszuscheiden, als zuzulassen, dass sich das Gift der Schlange im Schoß der Gemeinschaft Christi ausbreitet.

Deshalb erklären wir, Pierre, Bischof von Beauvais, dich, Johanna, gemeinhin die Jungfrau genannt, zur rückfälligen Ketzerin, Schismatikerin, Götzendienerin und Anbeterin von Dämonen.

Wir erklären weiterhin, dass du damit erneut der Exkommunikation verfallen bist und vom Leib der Kirche entfernt und weggerissen werden sollst wie ein brandiges Glied, damit du andere Glieder nicht ansteckst. Du sollst der weltlichen Gewalt ausgeliefert werden mit der Bitte, diese möge ihr Urteil über dich mäßigen und von Tötung und Verstümmelung der Glieder Abstand nehmen. Wenn du jedoch Zeichen echter Reue erkennen lässt, soll dir das Sakrament der Buße gespendet werden.«

Nachdem Cauchon das Urteil verlesen hatte, richtete Nicolas Midi nochmals einige letzte Worte an Johanna:

»Johanna, geh in Frieden! Die Kirche kann dich nicht länger schützen und übergibt dich der weltlichen Gewalt.«

Unmittelbar nachdem Nicolas Midi diese Sätze gesprochen hatte, trat ein Kleriker, den Sarah nicht kannte, von hinten an

Johanna heran und nahm das schwarze Tuch ab, das sie auf dem Kopf trug. Dabei bemerkte Sarah, dass Johannas Kopf kahlrasiert war, wodurch sie schutzlos und zutiefst verletzlich wirkte. Danach ergriff der Priester einen Hut aus steifem Papier mit der Aufschrift »Ketzerin, Abtrünnige, Götzendienerin« und setzte ihn Johanna auf. In diesem Augenblick brach sie in Tränen aus, fiel auf die Knie und rief mit tränenerstickter Stimme »Saint Michel!« Einige der englischen Soldaten lachten, ahmten sie nach und machten sich über sie lustig. Einer von ihnen, der in der Nähe des Scheiterhaufens stand, nahm ein herumliegendes Holzscheit, legte es zwischen die Reisigbündel und rief: »Damit du besser brennst!« Johanna betete unterdessen ein Vaterunser und ein Ave Maria. Ihr Gesicht war von tiefer Verzweiflung gezeichnet und von Tränen bedeckt, als sie sich anschließend an das geistliche Tribunal und die Zuhörer wandte: »Ich weiß, dass ich gesündigt habe…«, rief sie. »Ich bitte euch alle um Verzeihung für meine Taten und hoffe, dass ihr, der König, die Herzöge von Frankreich und alle anderen mir vergeben werden.« Dann sprach sie wieder einige Gebete, während die Frau neben Sarah, ebenso wie viele andere auch, leise zu schluchzen begann. Als sie ihre Gebete beendet hatte, sagte sie: »Bitte… bitte, gebt mir ein Kreuz!« Während die meisten Zuschauer tiefes Mitleid mit Johanna empfanden, verspotteten sie die englischen Soldaten weiter. Einer rief: »Wozu brauchst du ein Kreuz? Du hast doch den Scheiterhaufen!« Ein anderer jedoch nahm zwei Holzstücke, band sie mit einer kleinen Schnur zusammen, bahnte sich einen Weg durch die Reihen seiner Kameraden und reichte Johanna das kleine Kreuz. Sie bückte sich, nahm es in ihre rechte Hand und küsste es immer wieder. Schließlich steckte sie es nahe ihrer Brust in eine Falte ihres Kleides und sagte mit zitternder Stimme zu dem englischen Soldaten: »Möge Gott es dir vergelten!« Zur gleichen Zeit zeigten mehr und mehr Engländer ihren Unmut und schrien: »Was soll das ganze Theater? Macht endlich Schluss mit ihr!« Johanna fiel ein zweites Mal auf die Knie und sprach einige letzte Gebete. Dann bestiegen zwei Wachsoldaten die Tribüne, und einer sagte zu ihr: »Steh auf!« Johanna erhob sich und wurde von den Soldaten zu dem Gerüst geführt, auf dem die Vertreter der weltlichen Gewalt saßen. Als sie dort ankam, richtete der Vogt von Rouen einige Worte an sie, die Sarah nicht verstehen konnte. Währenddessen wuchs der Aufruhr unter den englischen Soldaten, die immer lauter ihrem Zorn darüber Luft machten, dass das Verfahren ihrer Ansicht nach zu lange dauerte. Einige von ihnen drängten die Stufen zum Podium des weltlichen Gerichts hinauf und schrien: »Wie lange sollen wir hier noch herumstehen? Sollen wir hier etwa zu Mittag essen?« Sarah sah, wie der Vogt und andere Mitglieder des Gerichts bange Blicke in Richtung der Soldaten warfen, von denen einige ihnen mit erhobener Faust drohten. Schließlich hörte Sarah, wie der Vogt zu den beiden Wachsoldaten sagte: »Nehmt sie! Nehmt sie!« Daraufhin griffen die Soldaten Johannas Schultern und führten sie nach unten, wo bereits der Henker mit seinen beiden Gehilfen wartete. Unten angekommen, sagte einer der Soldaten zu Geoffroy Thérage: »Henker, walte deines Amtes!« In diesem Augenblick erhoben sich Bischof Cauchon, Nicolas Midi und die anderen Mitglieder des geistlichen Gerichts und verließen, von englischen Soldaten begleitet, den Platz.

Die beiden Henkersknechte ergriffen Johannas Arme und führten sie zum Sockel des Scheiterhaufens, an dessen Seite eine Leiter angebracht war, nicht weit von der Stelle entfernt, wo Sarah stand. Als Johanna dort ankam, begann sie bitterlich zu weinen und am ganzen Leib zu zittern. Schließlich rief sie mit einer Stimme, die ihre ganze Verzweiflung und Todesangst zum Ausdruck brachte: »Rouen, soll ich wirklich hier sterben?« Dann zwangen die Gehilfen des Henkers sie, die Leiter hinaufzusteigen. Auf dem gemauerten Sockel führte zwischen den Reisigbündeln eine schmale Gasse zu einer weiteren Leiter, über die man zu dem kleinen Podest gelangte, das den Brandpfahl umgab und auf dem der Henker wartete, der als Erster hinaufgeklettert war. Bevor Johanna diese Leiter hinaufstieg, rief sie mit lauter Stimme: »Saint Michel, steh mir bei!«, und wandte ihre Augen zum Himmel, wie sie es getan hatte, als Sarah sie in Chinon zum ersten Mal gesehen hatte. Als sie das Podest erreichte, hatte Sarah den Eindruck, dass ein wenig von der Verzweiflung und Todesangst aus ihrem Gesicht gewichen war. Der Henker befahl Johanna, sich so aufzustellen, dass die Menschenmenge auf dem Platz sie am besten sehen konnte. Sie stand jetzt unmittelbar vor Sarah und den englischen Soldaten, den Blick noch immer zum Himmel gewandt. Unwillkürlich erinnerte sich Sarah an ihre erste Begegnung in Chinon, als Johanna, hoch zu Ross, auf sie herabgeblickt hatte. Während der Henker ihre Beine und ihren Körper mit rostigen Eisenketten an den Pfahl fesselte, rief Johanna laut und mit einer Stimme, die wesentlich weniger angsterfüllt klang: »Ha, Rouen, ich fürchte sehr, dass du für meinen Tod wirst leiden müssen!« Unmittelbar danach erschien Martin Ladvenu auf der kleinen Tribüne. Johanna warf ihm einen sehnsuchtsvollen Blick zu, und er wechselte einige Worte mit ihr, während sie auf die kleine Kirche Saint Sauveur zeigte, die in der Nähe des Scheiterhaufens stand. Als der Henker gerade Johannas Arme fesseln wollte, sprach Martin Ladvenu kurz mit ihm, und Sarah hörte, wie er mit einem unwilligen Gesichtsausdruck darauf antwortete. Nach einigen Augenblicken stieg Ladvenu vom Scheiterhaufen herab und ging zusammen mit einem anderen Geistlichen eilends zu der kleinen Kirche. Währenddessen verspotteten wieder viele englische Soldaten Johanna, und einer rief unter dem Gelächter der anderen: »He, Johanna, wenn du die Tochter Gottes bist, dann steig doch vom Scheiterhaufen herunter!«

Nach wenigen Minuten erschienen die beiden Priester wieder. Ladvenu trug in seinen Händen ein goldenes Prozessionskreuz, das an einer langen Stange befestigt war. Nachdem er das Kreuz dem anderen Geistlichen übergeben hatte, stieg er wieder auf den Scheiterhaufen, wo er leise auf Johanna einredete, die jetzt ruhig und gefasst erschien, obwohl ihr Gesicht noch immer leichenblass war. Sarah glaubte, dass Ladvenu mit ihr betete und ihr eine letzte Beichte abnahm, während sein Mitbruder das Kreuz hochhielt, so dass sie es erreichen konnte. Sie umschlang es mit beiden Armen und küsste es immer wieder. Viele der Zuschauer in Sarahs Nähe brachen in Tränen aus, doch die englischen Soldaten wurden immer aufgebrachter und drohten Ladvenu und dem Henker. Einer schrie laut: »Priester, was soll das jetzt noch? Willst du mit ihr verbrannt werden?« Schließlich drängte der Henker Ladvenu hinunterzuklettern. Als er Johanna verließ, zeigte sich wieder ein Ausdruck der Verzweiflung auf ihrem Gesicht, und sie rief unter Tränen: »Saint Michel, Sainte Catherine! Sainte Marguerite!«, während der Henker ihre Arme an den Pfahl fesselte. In diesem Augenblick hörte Sarah drei Glockenschläge von der nahen Kathedrale und wusste, dass es Viertel vor zwölf war.

Schließlich stieg der Henker hinunter und ergriff eine von drei Fackeln, die seine Gehilfen zuvor angezündet hatten. Dann entfachte er zusammen mit seinen beiden Knechten das Feuer an verschiedenen Stellen des Scheiterhaufens, während Ladvenu und sein Mitbruder das Prozessionskreuz so nahe wie möglich vor Johannas Gesicht hielten. Als Johanna die Flammen sah, rief sie mit lauter Stimme: »Sainte Marguerite, Sainte Catherine, Saint Michel, steht mir bei!« Wieder wandte sie ihre Augen zum Himmel und wirkte trotz aller Angst so, als gehöre sie nicht ganz zu dieser Welt. Kurze Zeit später, als das

Feuer ihre Füße erreichte, schrie sie vor Schmerz auf, und ihre Angst schien zurückgekehrt zu sein. In diesem Augenblick rief sie zum ersten Mal »Jesus!« und wandte ihre Augen von den sich nähernden Flammen ab. Viele Zuschauer weinten laut, als Johannas Schmerzensschreie über den Platz gellten, während sie verzweifelt versuchte, dem Feuer auszuweichen. Mittlerweile standen alle Reisigbündel in Brand, und die Flammen hüllten Johanna immer dichter ein. Sarah bemerkte, dass sie rasch atmete, während sich Rauch und Hitze auf dem Platz verbreiteten. Die Erregung der Menge wuchs, und die Menschen drängten weiter und weiter nach vorne, so dass Sarah immer stärker ihren Druck spürte. Gleichzeitig stemmten sich die englischen Soldaten den Zuschauern entgegen und zogen ihre Schwerter, um sie auf Abstand zu halten. Sarah hatte beinahe Todesangst, während sie hörte, wie Johanna wieder und wieder laut den Namen Jesu rief. Inzwischen war sie nahezu völlig hinter den Flammen verborgen, und Sarah hatte das Gefühl, dass ihre Rufe leiser wurden. Dann jedoch stiegen die Flammen plötzlich rasch immer höher empor und erfüllten die Luft mit den Funken des lichterloh brennenden Scheiterhaufens. In diesem Augenblick rief Johanna: »Weihwasser! Gebt mir Weihwasser!« Sekunden später erhoben sich eine Feuersäule und eine grelle Stichflamme um Johanna. Als die Flammen danach kurz schwächer wurden, glaubte Sarah zu erkennen, dass Johanna nicht mehr atmete. Schließlich jedoch rang sie plötzlich mit äußerster Anstrengung heftig nach Luft. Ihr ganzer Körper bäumte sich auf, und ein letzter, markerschütternder Schrei erfüllte die Luft: »Jesus!« Danach sank sie leblos vornüber, während Sarah den Druck der Zuschauer auf ihrer Brust fühlte und fast glaubte, von ihnen zerquetscht zu werden. Nach etwa einer Minute gab ein englischer Offizier einen Befehl, und einige Soldaten löschten das Feuer mit Wasser aus Kübeln, die vor der Brandmauer aufgestellt waren, während Sarah halb unbewusst zwölf tiefe Glockenschläge hörte. Als sich der aufsteigende dichte Rauch verzogen hatte, war Sarah wie viele Zuschauer starr vor Entsetzen. Johanna war völlig nackt. Ihre Füße und ihre Beine waren teilweise bis auf die Knochen verkohlt und ihr restlicher Körper war über und über von Ruß und schwarz-roten Brandwunden bedeckt. Ihre Augenbrauen und ihre restlichen Haare waren vollständig verbrannt, und von dem Papierhut auf ihrem Kopf war nur ein Ring aus Asche übriggeblieben, der sich tief in ihre Kopfhaut eingebrannt hatte. Ihre Augen waren ebenso wie ihr Mund halb offen, doch trotz des schrecklichen Anblicks wirkte ihr Gesicht nicht wie das einer Toten. Vielmehr hatte Sarah den Eindruck, dass es noch lebendig war, als ob Johannas Seele auf unerklärliche Weise in ihrem zerstörten Körper weiterlebte. Viele Zuschauer auf dem Platz weinten verzweifelt, und Sarah hörte, wie ein Mann in ihrer Nähe sagte: »Im Augenblick ihres Todes habe ich den Namen ›Jesus‹ in den Flammen gesehen. Gebe Gott, dass meine Seele eines Tages am selben Ort sein wird wie die ihrige!«

Nach etwa fünf Minuten gab der englische Offizier einen weiteren Befehl, und der Henker, seine Gehilfen und die Soldaten schichteten um Johannas Körper neue Reisigbündel auf, die sie kurz danach in Brand setzten. Die Flammen wurden rasch dichter und dichter und verbargen das, was von Johanna übrig war, während die Hitze in der Nähe des Feuers immer unerträglicher wurde. Die Flammen kamen näher und näher und nahmen Sarah die Luft zum Atmen, so dass sie fürchtete, selbst von ihnen verschlungen zu werden…

Sarah schrie und richtete sich auf. Ihr ganzer Körper war in Schweiß gebadet, und sie rang nach Luft, während von draußen ein Lichtschein in ihr Zimmer drang. Als sie den Kopf hob, sah sie, wie die erste Röte des beginnenden Morgens den Himmel und die dunkle Hügelkette in der Ferne erhellte.

Es war mittlerweile völlig still, und kein Laut drang von der Straße nach oben.

Einige Augenblicke später wachte Robert auf und fragte Sarah:

»Mein Gott, was ist denn los? Stimmt irgendetwas nicht?«

»Nein«, antwortete sie. »Es ist alles in Ordnung. Ich hatte nur einen fürchterlichen Traum.«

Robert setzte sich auf ihr Bett, und sie erzählte ihm, was sie im Traum erlebt hatte. Robert versuchte, Sarah zu trösten, und beide beschlossen, Tee zu kochen. Nachdem Sarah geduscht und sich angezogen hatte, fühlte sie sich besser, und während ihres gemeinsamen Frühstücks berichtete sie Robert genauer von dem, was sie in ihrem Traum gesehen hatte.

»Es ist erstaunlich, wie sehr dein Traum der Wirklichkeit nahegekommen ist«, sagte Robert.

»Ja. Manchmal spiegelt sich in unseren Träumen mehr von der Wirklichkeit wider, als uns bewusst ist… Johannas Tod, so wie ich ihn erlebt habe, war schrecklich, aber trotzdem weckte ihr Anblick am Ende in mir das Gefühl, dass ihre Seele weiterlebte.«

»Vielleicht ist das ja nicht falsch, auch wenn es uns heute unbegreiflich scheint.«

»Das stimmt. Auf jeden Fall ist Johanna ihrer Seele, ihren Visionen und ihrem Glauben treu geblieben und lebt deshalb in der Erinnerung der Menschen fort wie nur wenige andere.«

»Ja, und das dürfte wohl auch in Zukunft so bleiben.«

»Ich jedenfalls werde das, was ich in diesem Traum erfahren habe, nie vergessen, und es wird immer in meinen Gedanken lebendig sein.«

»Da hast du sicher recht«, erwiderte Robert.

Nach ihrem Frühstück machten Sarah und Robert einen Spaziergang und verbrachten anschließend den ganzen Tag miteinander.

Als sie abends nach Hause kamen, beobachteten sie den Sonnenuntergang über den Hochhäusern der Innenstadt und gingen danach in Sarahs Zimmer, während die letzten Strahlen der untergehenden Sonne die Hügelkette im Osten beleuchteten.

»Auch wenn die Wolkenkratzer im Abendlicht faszinierend aussehen, gefällt mir der Blick aus meinem Zimmer immer noch bei weitem am besten. Er erinnert mich an meinen Traum, an Johanna und an ihren Glauben daran, dass die materielle Welt nicht alles und der Tod nicht das Ende ist«, sagte Sarah und umarmte Robert.

Im Abgrund

Es war, wie fast immer in den letzten zwei Wochen, ein milder, regnerischer Januartag gewesen. Sarah beschloss, zu Fuß von der Universität nach Hause zu gehen, und lief in der Dunkelheit am Main entlang zu dem Studentenwohnheim am östlichen Rand der Innenstadt, wo sie seit etwa einem Jahr lebte. Die erleuchteten Hochhäuser des Stadtzentrums spiegelten sich im dunklen Wasser des Flusses, auf dem sich nur während einer gelegentlichen heftigeren Windbö kleine Wellen bildeten, als ob ein kalter Schauder durch das Wasser laufe. Sarah genoss den längeren Spaziergang nach ihrem Arbeitstag am physikalischen Institut, wo sie an ihrer Dissertation arbeitete, seit sie vor zwei Jahren als Gaststudentin aus den USA nach Frankfurt gekommen war. Sie dachte an ihre Eltern und ihren Bruder in Washington und an Robert, einen amerikanischen Geschichtsstudenten, mit dem sie eine enge Freundschaft verband, während sie gelegentlich mit einem Anflug von Wehmut die Flugzeuge beobachtete, die über dem Süden der Stadt ihre Bahn zogen. Als sie nach einer Stunde das Wohnheim erreichte, waren die meisten anderen Studenten, die mit ihr auf demselben Stockwerk lebten, bereits von der Universität nach Hause zurückgekehrt. In ihrem Zimmer angekommen, kämmte sie ihre schulterlangen, dunkelbraunen Haare und ging anschließend in die Küche, um Tee zu kochen. Dort traf sie ihren Zimmernachbarn Thomas, einen Chemiestudenten, und Claudia, die im Zimmer gegenüber wohnte und Medizin studierte.

»Hast du Sylvia heute schon gesehen?«, fragte Claudia.

»Nein, wahrscheinlich ist sie in ihrem Zimmer«, antwortete Thomas und fügte hinzu: »Ich weiß nicht, was mit ihr los ist. Sie vermeidet jeden Kontakt zu den anderen.«

»Ich weiß auch nicht… Manchmal habe ich fast das Gefühl, dass mit ihr etwas nicht stimmt«, sagte Claudia.

»Wer weiß, welche Erfahrungen sie früher gemacht hat?«, entgegnete Sarah nach einem Augenblick.

»Das stimmt«, sagte Claudia. »Vielleicht werden wir es nie erfahren.«

Sarah hatte schon bemerkt, dass Sylvia, die seit Beginn des Semesters in einem der Nachbarzimmer wohnte, sehr zurückgezogen lebte. Bisher wusste sie von ihr nur, dass sie Anglistik und Romanistik studierte und ab und zu ein wenig Klavier spielte. Als sie nach einigen Minuten in ihr Zimmer zurückkehrte, traf sie Sylvia auf dem Gang. Sie war eher klein, etwa so groß wie Sarah, und hatte dunkelblonde Haare und blaue Augen. Sie grüßte Sarah und lächelte ihr kurz zu. Es war das erste Mal, dass sie den Eindruck hatte, dass Sylvia ihre Nähe suchte, und sie nahm sich vor, diesen Wunsch nicht unerwidert zu lassen.

Einige Tage danach kam Sarah früher als sonst von der Universität zurück und ging nach kurzer Zeit in die Küche, um ihr Abendessen zuzubereiten. Dort traf sie Sylvia, die ebenfalls gerade dabei war, ihr Essen aufzuwärmen. Nachdem sie einige Minuten über ihr Studium gesprochen hatten, sagte Sarah:

»Am nächsten Wochenende soll das Wetter sehr schön werden. Robert und ich wollen am Samstag einen Ausflug machen. Wenn du Lust hast, kannst du gerne mitkommen.« Sylvia schien freudig überrascht und antwortete:

»Ja, gerne. An diesem Tag habe ich noch nichts vor.«

»Schön«, antwortete Sarah. »Dann treffen wir uns also am Samstagvormittag.«

Am folgenden Samstag fuhren Sarah, Robert und Sylvia wie geplant mit Roberts Auto in ein Tal im Spessart, das sie nach gut einer Stunde erreichten. Es war ein sonniger, für Ende Januar ungewöhnlich warmer Tag.

»Es ist sehr warm heute... fast wie im Frühling«, sagte Sarah.

»Ja«, antwortete Robert. »Aber leider ist das nur schöner Schein, denn nächste Woche soll es eiskalt werden, wenn uns eine sibirische Kaltfront erreicht.«

»Schade. Aber es ist schließlich noch Winter, und der wirkliche Frühling wird noch eine Weile auf sich warten lassen«, sagte Sarah, während sie am Grund des Tales neben einem Flüsschen bergauf liefen. Nach einer Weile verengte sich das Tal immer weiter, bis es beinahe eine Schlucht bildete, die an manchen Stellen von hoch aufragenden, felsigen Wänden umgeben war. Beide bemerkten, dass Sylvia sich nicht ganz wohl zu fühlen schien und wirkte, als ob sie mit einer inneren Beklemmung kämpfe, die sie nicht offen zeigte.

»Ich hoffe, dir gefällt unser kleiner Ausflug«, sagte Sarah.

»Ja, die kleine Wanderung tut mir gut. Das Tal ist sehr schön... nur manchmal ein bisschen dunkel. Diese Gegend habe ich bisher noch gar nicht gekannt«, entgegnete Sylvia.

»Ich mag die Landschaft hier. Sie ist nicht weit von Frankfurt entfernt und doch ganz anders als die Großstadt«, sagte Robert und fragte: »Aus welchem Teil Deutschlands stammst du?«

»Aus dem Westerwald, wenn euch das etwas sagt.«

»Ja, natürlich. Wir waren letztes Jahr einmal dort, kurz nach unserer Reise in die Normandie.«

»Ich kenne die Normandie ein wenig. In der Schulzeit habe ich drei Wochen als Gastschülerin in Rouen verbracht.«

»Diese Stadt haben wir natürlich auch besucht. Dort hat Sarah begonnen, meine Begeisterung für Geschichte zu teilen.«

»Ja«, erwiderte Sarah mit einem Lächeln. »Das Leben und

der Tod von Jeanne d´Arc haben mich tief berührt… Das hängt sicher auch mit meinem Hang zum Feminismus zusammen.«

»Frauen können genauso Helden sein wie Männer«, sagte Sylvia. »Aber das heißt nicht, dass sie immer gute Menschen sind.«

»Da hast du recht«, entgegnete Sarah.

Nachdem sie eine weitere halbe Stunde gelaufen waren, erreichten sie eine Bergkuppe, von der aus sie den weiten Blick über die Hügellandschaft genossen, die das Tal umgab, und kehrten anschließend nach Frankfurt zurück.

»Vielen Dank für die Einladung und den Ausflug«, sagte Sylvia, als sie in das Studentenwohnheim zurückkehrten.

»Es wäre schön, wenn wir uns in Zukunft öfter sehen würden«, entgegnete Sarah, und sie nahmen sich vor, in den kommenden Wochen ab und zu etwas gemeinsam zu unternehmen.

So trafen sie sich zwei Wochen später zu einem gemeinsamen Spaziergang und liefen an einem Sonntagnachmittag am Flussufer entlang Richtung Innenstadt. Das Wetter hatte sich mittlerweile völlig verändert. Die Temperaturen waren stark gefallen, und es wehte ein scharfer, eisiger Ostwind, der den Schnee aufwirbelte, der in den Tagen zuvor gefallen war. Sarah bemerkte, dass sich auf dem Fluss erste Eisschollen bildeten und dass die Straßen der Innenstadt wie erstarrt und ausgestorben wirkten.

»Wie bist du eigentlich aus dem Westerwald nach Frankfurt gekommen?«, fragte Sarah.

»Ich bin auf einem Bauernhof in einem kleinen Dorf aufgewachsen und wollte nach dem Ende der Schulzeit einmal etwas ganz anderes kennenlernen und auch meine Jugend ein wenig hinter mir lassen«, entgegnete Sylvia.

»Das kann ich verstehen«, sagte Sarah. »Mir ging es ähnlich. Meine Eltern hatten nicht allzu viel Verständnis für meinen

Wunsch, Physik zu studieren, und es gab auch sonst immer wieder Streit zu Hause. Deshalb hatte ich das Bedürfnis, nach Europa zu gehen, nachdem ich einige Zeit als Gerichtsstenographin gearbeitet hatte, um Geld zu verdienen.«

»Hat dir die Arbeit Spaß gemacht?«, fragte Sylvia.

»Es war nicht gerade mein Traum, aber ich habe immerhin so viel verdient, dass ich einen Teil meines Studiums damit finanzieren konnte«, antwortete Sarah und fuhr fort:

»Hast du sofort nach der Schulzeit mit dem Studium begonnen?«

»Nein«, erwiderte Sylvia. »Auch ich habe nach dem Abitur einige Zeit gearbeitet.« Sarah spürte, dass Sylvia dieses Thema aus irgendeinem Grund Unbehagen bereitete, und sagte:

»Ich glaube, wir sind beide froh, dass wir diesen Abschnitt unseres Lebens hinter uns haben.«

»Das stimmt«, entgegnete Sylvia.

Nachdem sie längere Zeit am Fluss entlanggelaufen waren, beschlossen sie umzukehren und einen anderen Weg zurück zu nehmen, der sie durch ein Wohngebiet führte, in dem in der Kälte kaum ein Mensch zu sehen war. Nach einigen Minuten jedoch begegnete ihnen eine Gruppe junger Leute, die von Haus zu Haus gingen und an jeder Tür klingelten.

»Das scheinen Hausierer zu sein… eher ungewöhnlich an einem Sonntagnachmittag. Sie müssen wohl ziemlich verzweifelt sein, um am Wochenende bei diesem Wetter unterwegs zu sein«, sagte Sarah.

»Ja, mit Sicherheit«, erwiderte Sylvia, und wieder spürte Sarah jenes Gefühl einer verborgenen tiefen Angst und Unsicherheit, das sie schon einige Male bei Sylvia bemerkt hatte.

»Ich bin froh, dass ich jetzt nicht zu viel Zeit draußen verbringen muss«, sagte Sarah.

»Ich auch«, entgegnete Sylvia, und sie beschleunigten ihre Schritte ein wenig, weil sie beide in der Kälte zu frösteln begannen, obwohl sie ihre wärmsten Mäntel trugen. Im Wohnheim angekommen, kochten sie noch eine Tasse Tee, um sich aufzuwärmen, während die Sonne langsam unterging und der Nebel wie der Vorbote einer eisigen Finsternis von der Stadt Besitz ergriff.

»Es wird schon wieder dunkel, und die Nebelschwaden breiten sich aus«, sagte Sylvia.

»Uns erreichen sie immer zuerst, weil wir so nahe am Fluss sind, aber früher oder später bedecken sie die ganze Stadt«, erwiderte Sarah.

»Es klingt vielleicht albern…, aber in mir wecken sie immer ein Gefühl der Angst, als ob sich im Nebel irgendeine Bedrohung verbergen würde.«

»Nein, das ist überhaupt nicht albern. Mir geht es manchmal auch so und vielen anderen vermutlich ebenfalls«, sagte Sarah und fuhr fort: »Wenn du willst, können wir in Zukunft jeden Abend zusammen Tee trinken und die Albträume der Nacht gemeinsam vertreiben. Wir wohnen ja ohnehin fast nebeneinander.«

»Ja. Das ist eine gute Idee«, antwortete Sylvia, bevor sie beide in ihre Zimmer gingen.

Einige Tage später, an einem Samstag, verbrachte Sarah den Abend mit Berechnungen für ihre Dissertation. Sie war völlig in ihre Gedanken vertieft, als sie plötzlich Lärm hörte. Da sie glaubte, Sylvias Stimme gehört zu haben, ging sie in die Küche und fragte, was los sei.

»Diese Zeitschriftenwerber sind wieder unterwegs«, antwortete Claudia. »Mein Freund hat mir gesagt, dass sie gestern schon nebenan waren. Sie haben offenbar ihr Quartier in einem verfallenen Haus in der Nähe des Ostbahnhofs und klappern die ganze Gegend ab. Sie erzählen den Leuten irgendwelche Geschichten von armen Verwandten, die Hilfe brauchen, oder von ihrer angeblichen Vergangenheit als Drogensüchtige oder straffällige Jugendliche und versuchen, ihnen Zeitschriftenabonnements aufzuschwatzen. Heute waren sie auch im Stockwerk unter uns. Jemand von unten ist heraufgekommen, um uns vor ihnen zu warnen. Sobald Sylvia davon gehört hat, ist sie in Panik geraten und hat sich in ihrem Zimmer eingeschlossen. Ich habe schon an ihre Tür geklopft, aber sie macht nicht auf. Vielleicht versuchst du es mal. Du kennst sie viel besser, und dir vertraut sie am meisten.«

»Ich werde mein Bestes tun«, antwortete Sarah und fuhr fort: »Sind die Zeitschriftenwerber wieder weg?«

»Ja. Mein Freund und ich haben ihnen gesagt, dass sie schleunigst verschwinden sollen. Sie sind dann auch gleich wieder gegangen, weil hier ohnehin nicht viel zu holen ist und niemand ihre auswendig gelernten Geschichten glaubt.«

»Gut. Ich versuche herauszufinden, was mit Sylvia los ist.«

»Das ist eine gute Idee. Sie hat mir leid getan, aber ich wusste nicht, was ich tun sollte.«

Sarah ging zu Sylvias Zimmer und klopfte an die Tür, doch niemand öffnete.

Schließlich sagte sie: »Sylvia, ich bin es, Sarah. Mach doch auf! Die Zeitschriftenwerber sind weg.«

Nach einigen Augenblicken öffnete Sylvia die Tür. Sarah erschrak, als sie sie sah. Sylvia zitterte am ganzen Leib. Sie war kaum fähig zu sprechen, und in ihren Augen spiegelte sich ein Entsetzen wider, das sie noch nie bei einem Menschen gesehen hatte.

Nachdem Sylvia hinter ihnen die Tür geschlossen hatte, setzten sich beide auf das Bett in ihrem Zimmer.

»Mein Gott, Sylvia, was ist denn los?«, fragte Sarah und legte tröstend einen Arm um ihre Schulter. »Du brauchst keine Angst mehr zu haben. Diese Leute sind weg… und außerdem sind ich und die anderen auch noch da.«

Sylvia beruhigte sich langsam, doch es dauerte einige Minuten, bis sie zu zittern aufhörte und ihre Sprache wiederfand.

Schließlich sagte Sarah:

»Willst du mir nicht erzählen, warum diese Zeitschriftenwerber dich so geängstigt haben?«

Sylvia antwortete:

»Können wir die Tür abschließen … zur Sicherheit und damit uns niemand stört?«

»Ja natürlich«, sagte Sarah und verschloss die Tür.

Als sie sich wieder gesetzt hatte, sagte Sylvia zögernd:

»Meine Angst hat mit meiner Vergangenheit zu tun. Ich war nämlich selbst einmal Zeitschriftenwerberin… Drückerin, wie wir sagten.«

»Was?«, fragte Sarah entsetzt. »Wie bist du denn da hineingeraten?«

»Ich habe dir ja schon erzählt, dass ich auf einem Bauernhof im Westerwald aufgewachsen bin. Dort habe ich meine ganze Jugend verbracht und bin in Montabaur, der nächsten Kleinstadt, in die Schule gegangen. Meine Eltern hatten freilich schon seit meiner Kindheit immer Streit, der im Lauf der Zeit immer schlimmer wurde. Meistens ging es um Geld, weil sie hoch verschuldet waren. Außerdem fing mein Vater zu allem Überfluss später noch zu trinken an. Kurz vor meinem Abitur haben sie dann den Bauernhof verkauft, mit dem sie ohnehin kaum Geld verdienen konnten. Ich habe bis zum Ende der Schulzeit noch bei meiner Mutter gewohnt, die freilich vor Schulden weder ein noch aus wusste. Schließlich musste sie in eine Einzimmerwohnung ziehen, die für uns beide zu klein war. Kurze Zeit nach dem Abitur sagte sie mir, dass sie nicht mehr für mich sorgen könnte und dass ich irgendwie meinen Lebensunterhalt selbst verdienen müsste. Obwohl ich eigentlich studieren wollte, hatte ich mich um mehrere Lehrstellen beworben, war aber abgelehnt worden, weil ich zu schüchtern und zurückhaltend war. Außerdem waren meine Noten nicht die besten, weil ich während jeder freien Minute auf dem Hof hatte mitarbeiten müssen. Da ich schnell Geld verdienen musste, um wenigstens so lange über die Runden zu kommen, bis ich anfangen konnte zu studieren und BAföG bekam, habe ich auf eine Anzeige im Internet geantwortet, in der ein attraktiver Job mit gutem Verdienst versprochen wurde. Ich hoffte, davon wenigstens ein paar Monate leben und danach während meines Studiums noch etwas dazuverdienen zu können. Kurz darauf traf ich einen Mann, der mir sagte, worum es ging. Er hat mir auch kostenlose Unterbringung angeboten, was für mich eine Erleichterung war, weil ich ja noch keine eigene Wohnung hatte und mir auch keine leisten konnte. Die Unterkunft bestand aus einer Wohnung in einem heruntergekommenen Haus in der Nähe von Bad Marienberg. Dort schlief ich mit einer Gruppe von anderen Zeitschriftenwerbern auf Matratzen, die auf dem modrigen Holzfußboden lagen. Die jungen Frauen mussten sich zu viert ein kleines Zimmer teilen, in dem der Putz von den Wänden bröckelte. Die Dusche war voller Schimmel, und ich habe mir dort eine Pilzinfektion eingefangen, mit der ich heute noch zu kämpfen habe. Mir war den ganzen Tag zum Heulen zumute, aber ich musste bleiben, weil ich nicht wusste, wohin ich gehen sollte.

Am Tag nach meiner Ankunft musste ich anfangen, die Texte auswendig zu lernen, mit denen wir die Leute dazu bringen sollten, Zeitschriften zu kaufen. Das Problem war, dass ich die Geschichten zwar schnell auswendig konnte, aber beim Aufsagen stotterte und aus dem Konzept geriet. Heinz, der Anführer der Gruppe, der mich auch angeworben hatte, wurde daraufhin furchtbar wütend und hat mich immer wieder geohrfeigt, bis mir schwindlig wurde. Ich musste nachts wach bleiben und in einem feuchten Kellerraum das Aufsagen der Texte üben, während die anderen schliefen. Natürlich habe ich die ganze Nacht vor Verzweiflung geheult und am nächsten Morgen kein Wort herausgebracht. Daraufhin hat er mich mit einem Stock geschlagen, bis mein Rücken voller blauer Striemen war. Nach einigen Tagen hörte ich schließlich, wie er zu einem anderen Drücker sagte: ›Die Sylvia ist eine Null. Sie muss weg. Glücklicherweise hat Andy mir 300 Euro für sie geboten, und ich habe das Angebot dankend angenommen. Morgen bringe ich sie zu ihr.‹ Am nächsten Tag befahl er mir, meine Sachen zusammenzupacken und in sein Auto zu steigen. Die Fahrt endete an einem entlegenen Haus in der Nähe des Gräbersbergs, das mehrere hundert Meter von der Straße entfernt mitten im Wald lag. Dort erwartete mich Andrea, die alle Andy nannten. Sie war Ende zwanzig, ziemlich groß und hatte blonde Haare, die sie an den Seiten kurz abrasierte. Sie schaute mich von oben bis unten an und sagte: ›Komm mit! Bei mir wirst du dich anstrengen müssen, damit du die 300 Euro wert bist, die ich für dich bezahlt habe.‹«

»Ihr wurdet wie Sklaven behandelt…«, sagte Sarah.

»Richtig. Es ist moderne Sklaverei, auch wenn es nicht so heißt«, entgegnete Sylvia und fuhr fort:

»Ich wurde dann in einen Raum im Keller geführt, in den nur durch ein kleines Fenster an der Decke etwas Licht fiel und wo dicht an dicht drei Matratzen lagen, auf denen neben mir noch zwei andere junge Frauen schliefen: Steffi, die ein Stück größer und mit 22 Jahren drei Jahre älter war als ich und die wie du schulterlange braune Haare hatte, und die 19-jährige Ulrike. Sie war etwa so groß wie ich und hatte rötliche, leicht lockige Haare, die sie meistens zu einem Pferdeschwanz zusammenband. Ab und zu hörte man das Bellen der drei Rottweiler, die ständig frei vor dem Haus herumliefen. Die beiden jungen Frauen begrüßten mich, und Steffi sagte: ›Ich bin diejenige, die schon am längsten hier ist. Ulrike ist erst seit drei Monaten dabei. Wir werden dir helfen, wo immer wir können.‹

Die ganze Drückerkolonne bestand neben mir aus elf Leuten, sieben Männern, Steffi und Ulrike und natürlich Jenny und Andy. Jenny war sozusagen Andys Stellvertreterin und sah auch fast genauso aus wie sie, weil sie ihrer Chefin und Freundin möglichst ähnlich sein wollte. Die Männer in der Gruppe gehorchten den beiden bedingungslos, auch Klaus, der muskulös und von oben bis unten tätowiert war und den Andy dazu benutzte, die anderen zusätzlich einzuschüchtern und ihnen klarzumachen, dass jede Gegenwehr sinnlos war.

Am Abend stellte mich Andy den anderen Mitgliedern der Gruppe vor: ›Das ist Sylvia. Sie wird hart arbeiten müssen, genauso wie Thorsten.‹ Dabei sah sie mich und einen mittelgroßen, schmächtigen jungen Mann an, der in einer Ecke stand und den Blick gesenkt hielt.

Am nächsten Tag zogen alle los, um Abos zu verkaufen, außer Stefan, einem großen, braunhaarigen jungen Mann Mitte zwanzig, der für die Buchhaltung und finanzielle Angelegenheiten zuständig war. Ihn hat Andy mehr respektiert als die meisten anderen, und er hatte auch mehr Freiheit. Er musste nur selten Abos verkaufen und war öfter unterwegs, um einzukaufen oder irgendwelche Dinge zu erledigen. Dabei benutzte er eines der beiden Autos, einen alten VW-Bus. Der teure schwarze BMW in der Garage dagegen war ausschließlich für Andy und Jenny reserviert.

An diesem Tag musste ich wieder Texte auswendig lernen, die denen aus der anderen Drückerkolonne ähnlich waren, weil sie alle von derselben Werbeagentur stammten. Als ich am Mittag beim Aufsagen einige Schwierigkeiten hatte, gab Andy mir grinsend leichte Ohrfeigen und sagte mit einem diabolischen Gesichtsausdruck: ›Wenn du hier nicht spurst, bekommst du meine Peitsche zu spüren. Thorsten hat sie schon kennengelernt.‹ Am Abend konnte ich die Geschichten glücklicherweise ohne größere Probleme abspulen, und sie sagte:

›Morgen versuchen wir es mal. Denk daran, was ich dir heute Mittag gesagt habe.‹

Am Tag darauf hat sie mich dann nach Siegen gebracht und in einem Wohngebiet abgesetzt. Es war vormittags, an einem sonnigen, milden Wintertag. Ich habe an fast jeder Haustür geklingelt. Manche Leute haben mir über die Gegensprechanlage gesagt, dass ich abhauen soll. Andere haben mir die Tür vor der Nase zugeschlagen oder mir damit gedroht, die Polizei zu rufen. Nur eine Rentnerin hat mich hereingelassen. Ich habe gesagt, ich sei im Gefängnis gewesen und sei jetzt auf Bewährung entlassen worden mit der Auflage, Zeitschriften zu verkaufen. Daraufhin hat mir die alte Dame gesagt: ›Ach, junge Frau, was sollen Sie wohl angestellt haben? Um ins Gefängnis zu kommen, muss man einiges verbrochen haben, und so sehen Sie nun wirklich nicht aus… Außerdem ist die ganze Geschichte absurd. Kein Richter würde so eine Bewährungsauflage verhängen. Ich weiß das, weil ich früher bei einem Rechtsanwalt gearbeitet habe. Sie tun mir wirklich leid, aber eine Zeitschrift möchte ich trotzdem nicht abonnieren.‹ Daraufhin bin ich weitergezogen, aber die Reaktionen waren immer dieselben. Manchmal sagten die Leute: ›Ach, Sie mit Ihren Sprüchen! Die kennen wir mittlerweile zur Genüge!‹ Am Schluss habe ich mich auf einen Stein gesetzt und geheult, weil ich weder ein noch aus wusste.«

»Was waren das eigentlich für Zeitschriften, die ihr da verkaufen musstet?«, fragte Sarah.

»Alles Mögliche… Frauen- und Modezeitschriften, auch ein paar Pornomagazine und nicht zuletzt angesehene Tages- und Wochenzeitungen, in denen mit großem Pathos Humanität, Milde gegenüber Kriminellen und grenzenlose Freiheit für alle Menschen weltweit gefordert wurden. Angesichts meiner Lage kam mir das alles wie blanker Hohn vor, aber ich hatte keine Wahl mehr. Wenn ich versucht hätte wegzulaufen, wäre ich sofort wieder eingefangen worden wie andere vor mir.«

»Das ist eine furchtbare Geschichte«, sagte Sarah und legte einen Arm um Sylvias Schulter.

»Es war leider nur der Anfang«, fuhr Sylvia fort. »Als Andy wiederkam, um mich abzuholen, fragte sie: ›Wie viele Abos hast du verkauft?‹

›Keines‹, antwortete ich.

›Dann wird der heutige Abend für dich ziemlich schmerzhaft werden‹.

Mein Herz begann zu rasen, zumal ich ohnehin in der Nacht vor Angst kaum geschlafen hatte. Beim Abendessen brachte ich, genau wie Thorsten, keinen Bissen herunter, während Andy, Jenny und Klaus lachten, ihren Spaß hatten und ein Bier nach dem anderen tranken. Als sie fertig waren, sagte Andy zu Thorsten und mir: ›Kommt mit!‹. Während ich aufstand, flüsterte mir einer der jungen Männer grinsend zu: ›Jetzt kriegst du richtig Prügel!‹ Die meisten anderen dagegen, vor allem Steffi und Ulrike, haben mich mit einem Gesichtsausdruck angesehen, der Schrecken und Mitleid verriet. Andy, Jenny und Klaus nahmen einen der Hunde mit und brachten uns in einen gefliesten Raum im Keller, neben der Waschküche. Wir mussten uns bis auf die Unterhose ausziehen und uns vor eine Wand knien. Andy hat Thorsten dann wie zum Spaß noch ein Pflaster auf den Mund geklebt und zu ihm gesagt: ›Wenn es runterfällt, bittest du um ein neues.‹ Er hat darauf nur mit ›Ja‹ geantwortet. Dann holte Andy aus einem Schrank eine Peitsche, in deren Riemen scharfe Nägel eingearbeitet waren. Als ich das Ding sah, fing ich am ganzen Leib zu zittern an und habe sie unter Tränen angefleht, mich nicht damit zu schlagen, doch sie sagte nur: ›Halt´s Maul und dreh dich um!‹ Dann haben Andy und Jenny uns abwechselnd geschlagen. Es hat unsagbar weh getan. Nach drei Schlägen wurde ich bewusstlos. Als ich wieder aufwachte, bekam ich nochmal zwei Schläge, und schließlich hat Andy zwei brennende Zigaretten in den Wunden ausgedrückt. Davon habe ich glücklicherweise kaum noch etwas mitbekommen, weil ich wieder ohnmächtig wurde. Als ich zu mir kam, lag ich auf meiner Matratze. Steffi und Ulrike haben alles getan, um Thorsten und mir zu helfen. Sie haben uns verarztet und uns starke Schmerz- und Beruhigungsmittel gegeben, die Steffi irgendwo versteckt hatte und mit deren Hilfe ich trotz allem sogar mehrere Stunden schlafen konnte. Obwohl wir kaum laufen konnten, mussten wir am Nachmittag des nächsten Tages das ganze verkrustete Blut abwaschen, was fast zwei Stunden gedauert hat. Als Andy endlich mit dem Ergebnis zufrieden war, konnten wir uns kaum noch auf den Beinen halten. Am Abend gaben uns Steffi und Ulrike wieder Schmerzmittel, so dass die Nacht halbwegs erträglich war. Am Tag darauf, als ich mich ein wenig erholt hatte, sprach ich längere Zeit mit Steffi, die eigentlich Musik studieren wollte, aber dann, wie ich, nach dem Abitur dringend Geld verdienen musste.

›Ich weiß, was ihr durchmacht‹, sagte sie. ›Ihr seid nicht der erste solche Fall. Andy kauft öfter ›Schrott‹, wie sie es ausdrückt. Sie versucht dann, mit Folter und brutaler Erniedrigung mehr aus den Leuten herauszuholen, als sie für sie bezahlt hat. Dann hat sich das Ganze für sie gelohnt. Außerdem sollen die grausamen Schläge die Motivation der Gruppe und damit auch ihren Profit steigern.‹

›Wie verkaufen die anderen eigentlich ihre Abos?‹, fragte ich.

Steffi zögerte einen Augenblick und sagte dann: ›Manche denken sich bessere Geschichten aus oder treten aggressiver auf. Einige der Männer stellen sogar den Fuß in die Tür, wenn es sein muss. In dieser Branche und vor allem hier gilt das Recht des Stärkeren. Wer zu schüchtern ist, geht unter. Wer dagegen viele Abos verkauft, bekommt Belohnungen, wie zum Beispiel mehr Freizeit oder ein Handy. Wer Andy dann noch bedingungslos bewundert, dem gibt sie das Gefühl, an ihrer

Macht teilhaben zu können. Mit dieser Mischung aus Terror und Verlockungen beherrscht sie die Gruppe. Freilich ist Andy auch eine unvorstellbare Sadistin, deren Handeln manchmal rational kaum noch erklärbar ist… Aber wir werden alles tun, um euch zu helfen und es nicht zum Äußersten kommen zu lassen.‹

›Danke‹, sagte ich, während sie mir etwas zu essen und zu trinken brachte.

Nach gut einer Woche schickte Andy mich wieder los, um Abos zu verkaufen, nachdem sie mir gesagt hatte: ›Du weißt, was dir blüht, wenn du wieder nichts verkaufst.‹ Ich war so nervös und hatte die zwei Nächte zuvor so schlecht geschlafen, dass ich vor Aufregung kaum einen vollständigen Satz heraus-brachte. Als ich wieder keine Abos unter die Leute gebracht hatte, schlugen mich Andy und Jenny nochmal mit der Peit-sche, obwohl meine alten Wunden noch nicht verheilt waren. Auch Thorsten wurde erneut damit traktiert. Ich wurde wieder bewusstlos, und es dauerte längere Zeit, bis ich aufwachte. Steffi und Ulrike gaben mir wieder Schmerzmittel, aber die-ses Mal entzündeten sich die tiefen Wunden und begannen zu eitern. Glücklicherweise hatten die beiden Antibiotika, die jemand irgendwie besorgt hatte. Nach einigen Tagen, in denen ich benommen vor mich hindämmerte, besserte sich schließ-lich mein Zustand. Steffi kümmerte sich mit viel Hingabe um mich und Thorsten und opferte sogar zwei freie Tage, um bei mir zu bleiben und meine Wunden zu reinigen und zu verbin-den. Von den Schlägen sind natürlich trotzdem große Narben geblieben«, sagte Sylvia und zeigte Sarah ihren Rücken.

»Mein Gott, das sieht ja schrecklich aus«, antwortete Sarah voller Mitgefühl und Entsetzen und umarmte Sylvia.

»Es tut mir gut, dass ich mit jemandem hier darüber sprechen kann. Du bist die Erste, der ich die ganze Geschichte so aus-führlich erzähle…«, sagte Sylvia und fuhr fort:

»Als es mir besser ging, war ich wieder in der Lage, mich öfter und länger mit Steffi und Ulrike zu unterhalten. Einmal fragte ich Steffi, wie sie in diese Drückerkolonne geraten sei. ›Es war ähnlich wie bei dir‹, sagte sie. ›Meine Eltern waren zwar beide Akademiker, aber sie haben nur wenig verdient. Mein Vater war Musikwissenschaftler, und meine Mutter ist Kunsthistorikerin. Mein Vater war, ebenso wie meine Mutter, promoviert und habilitiert und hatte Lehraufträge an Universitäten, aber trotzdem konnten wir von dem Geld, das sie dort verdienten, kaum leben. Vor knapp vier Jahren starb dann mein Vater bei einem Verkehrsunfall. Meine Mutter brauchte Sozialhilfe und musste wie deine Mutter in eine winzige Wohnung ziehen. Ich war darauf angewiesen, selbst Geld zu verdienen und eine eigene Wohnung zu suchen. Ich hatte vorher sehr intensiv Klavier gespielt und hatte vor, Musik zu studieren, aber diese Pläne musste ich unter den gegebenen Umständen aufgeben. Da alles schnell gehen musste und ich ziemlich verzweifelt war, habe ich auf eine Anzeige geantwortet, obwohl ich ein schlechtes Gefühl dabei hatte. Der Vermittler hat mich dann auf direktem Weg zu Andy gebracht, die nicht ohne Grund als die schlimmste Drückerchefin Deutschlands berüchtigt ist. Als ich sie gesehen habe, wusste ich zwar sofort, in was ich da hineingeraten war, aber es war zu spät. Wenn man einmal hier ist, kommt man nicht wieder raus oder nur, wie Andy es einmal formuliert hat, mit den Füßen voran. Es hat ein wenig gedauert, bis ich mit meiner neuen Lage halbwegs zurechtgekommen bin. Freilich waren damals die Bedingungen noch nicht ganz so schlimm wie heute. Ulrike hat es viel schwerer als ich vor drei Jahren… und was dir und Thorsten passiert ist, haben wir in dieser Form noch nicht erlebt. Sie hat zwar schon mal jemanden mit dieser Peitsche verprügelt, aber er bekam nicht so viele Schläge, und sie hat auch nicht so hart zugeschlagen.‹ ›Danke für alles, was du für mich tust‹, sagte ich. ›Wir unternehmen alles, was wir können… einige von uns jedenfalls‹, antwortete Steffi und strich mit der Hand über meine Haare, um mich zu trösten.

Als ich wieder halbwegs gesund war und, ebenso wie Thorsten, nach Andys Meinung arbeiten konnte, wurden wir zum Hausdienst eingeteilt. Das hieß, dass wir um fünf Uhr aufstehen und den ganzen Tag putzen, in der Küche helfen und nicht zuletzt Andy und Jenny bedienen mussten. Wenn die beiden nachts lange aufbleiben wollten, konnten wir erst um zwei Uhr ins Bett gehen und waren am nächsten Tag todmüde. Manchmal wollte Andy uns quälen. Dann mussten wir bis tief in die Nacht hinein die Bäder und Toiletten mit Zahnbürsten schrubben und wurden geschlagen und getreten. Auch die Hunde mussten wir füttern und manchmal mit bloßen Händen ihren Dreck beseitigen, obwohl wir uns entsetzlich vor ihnen fürchteten. Andy genoss unsere Angst, aber glücklicherweise hat Steffi uns geholfen, sooft sie konnte.

Wenigstens war Andy mit meiner Arbeit halbwegs zufrieden, aber Thorsten…«, sagte Sylvia und stockte. Sarah umarmte sie, und Sylvia fuhr nach einigen Augenblicken fort: »Er hat manchmal einiges übersehen oder sich etwas ungeschickt angestellt. So hat er zum Beispiel öfter Kaffee verschüttet, wenn er Andy und Jenny bedienen musste, und wurde dann heftig geohrfeigt oder getreten. Schließlich hat Jenny ihm zum Spaß ein Bein gestellt, und er ist mit einer Kaffeekanne in der Küche hingefallen. Ich habe befürchtet, dass Andy ausrastet und ihn wieder mit der Peitsche schlägt, aber sie hat ihn nur mit diesem kalten, grausamen Blick angeschaut und gesagt: ›Das war das letzte Mal.‹

Als wir nach dem Abendessen alle zusammensaßen, sagte Andy: ›Wie ihr wisst, habe ich ein kleines Problem mit Sylvia und Thorsten… Sylvia ist wenigstens noch für die Hausarbeit zu gebrauchen. Ihr gebe ich noch eine Gnadenfrist. Aber Thorsten ist nur Schrott. Er muss verschwinden... für immer.‹ Während sie das sagte, öffnete sie ein Klappmesser, das sie ständig in ihrer Hosentasche trug. Schließlich schloss sie es wieder und fuhr fort: ›Aber vorher müssen wir ihn noch richtig quälen, damit die anderen sehen, was hier mit unnützen Schwächlingen passiert. Jenny, vielleicht hast du eine gute Idee...‹ ›Mit Sicherheit‹, antwortete Jenny und begann sich mit ihrem Laptop zu beschäftigen, während Andy zwei Gläser Bier trank und die meisten anderen nur schweigend dasaßen und ihren Gedanken nachhingen. Nach einiger Zeit sagte Jenny: ›He, Andy, ich hab' da was gefunden... die Folterung und Hinrichtung zweier französischer Königsmörder im 17. und 18. Jahrhundert. Bevor sie von Pferden in Stücke gerissen wurden, wurde ihnen die rechte Hand in Schwefelfeuer verbrannt. Dann wurden mit einer glühenden Zange Fleischstücke aus Armen und Beinen herausgerissen, und die Löcher wurden mit siedendem Blei und brennendem Schwefel gefüllt...‹ ›Das klingt nicht schlecht‹, entgegnete Andy mit einem teuflischen Grinsen. ›Auf so was wäre ich nicht so ohne weiteres gekommen... Kannst du die Sachen besorgen, die wir dafür brauchen?‹ ›Klar, kein Problem.‹ ›Für das Verbrennen der Hand nehmen wir den alten Grill im Keller. Wir müssen nur noch einen geeigneten Ort für das Ganze finden.‹ ›Auch darüber habe ich schon nachgedacht... Wir wär's mit dem Gundersbacher Abgrund?‹ Sie meinte damit den Gundersbacher Grund, ein entlegenes Tal nicht allzu weit vom Gräbersberg entfernt. Diese Schlucht wird von den Einheimischen ›Gundersbacher Abgrund‹ genannt, weil dort öfter Hobbykletterer abstürzen. Andy gefiel die Idee, und schließlich sagte sie: ›Natürlich werden die anderen dabei zuschauen... vor allem Sylvia. Danach werden alle mit Sicherheit umso eifriger Abos verkaufen... Übermorgen fahren wir mal hin und suchen eine geeignete Stelle.‹ Ich schaute Steffi und Ulrike an, die beide zutiefst entsetzt wirkten. Offenkundig hatten sie so etwas selbst bei Andy nicht erwartet. Thorsten dagegen wirkte wie versteinert und zeigte keine Regung. Ich weiß nicht, was in diesen Minuten in ihm vorging, und ich möchte mir bis heute noch nicht genau vorstellen, wie er sich gefühlt haben muss.

Als wir später nach unten in unser Zimmer gingen, sah ich, wie Steffi mit Stefan sprach. Die beiden flüsterten und wollten ihr Gespräch offenbar so kurz wie möglich halten. Als ich kurz darauf mit Steffi und Ulrike allein war, sagte Steffi: ›Wir müssen jetzt etwas tun, sonst bringt sie Thorsten um.‹ Steffi umarmte mich, weil sie sah, dass ich den Tränen nahe war. ›Ihr seid sehr tapfer‹, sagte sie und fuhr fort: ›Es wird alles gut werden. Wir haben schon eine Idee.‹

Am Nachmittag des übernächsten Tages sagte Andy zu Jenny, Thorsten, Klaus und mir: ›Kommt mit, wir fahren los.‹ Während der Fahrt fragte Andy Jenny, ob die Lieferung mit Blei, Schwefel und der Spezialzange schon angekommen sei. ›Sie soll morgen kommen‹, sagte Jenny. ›Dann kann es übermorgen losgehen‹, entgegnete Andy. ›Wir machen es am späten Nachmittag. Da haben wir genügend Zeit, denn vorher muss Thorsten natürlich noch sein Grab ausheben. Dafür müssen wir einen Ort finden, wo der Untergrund weich genug ist. Klaus weiß da Bescheid, weil er früher Waldarbeiter war.‹ Nach einer Dreiviertelstunde erreichten wir schließlich den ›Gundersbacher Abgrund‹. Das Tal ist eine tief eingeschnittene Schlucht mit hohen, felsigen Wänden, die auch an einem sonnigen Tag ziemlich dunkel und feucht ist. Nachdem wir etwa einen Kilometer in die Schlucht hineingefahren waren, sagte Klaus: ›Hier könnte es gehen.‹ Andy hielt an, und wir liefen an einer weniger steilen Stelle ein Stück bergauf, während Klaus den Boden in Augenschein nahm. ›Hier ist eine gute Stelle‹, sagte Klaus schließlich. ›Ausgezeichnet‹, antwortete Andy. ›Wir sind hier weit weg vom nächsten Dorf und von häufig benutzten

Wanderwegen. Das Gute ist, dass dieses Tal einen schlechten Ruf hat, weil es als dunkel und unheimlich gilt. Deswegen kommt hier so gut wie niemand her. Trotzdem werden wir Thorsten natürlich knebeln, und jemand muss mit den Hunden Schmiere stehen.‹

Schließlich kehrten wir zu dem VW-Bus zurück, den Andy für diese Fahrt benutzt hatte, und machten uns auf den Rückweg. Während der ganzen Zeit sagte Thorsten kein Wort und wirkte nach außen hin sehr ruhig. Vielleicht hoffte er, dass es Andy nicht wirklich ernst meinte und ihn nur erschrecken wollte, oder er hatte sich schon in sein Schicksal ergeben.

Nach dem Abendessen, während Andy und Jenny wieder mehrere Dosen Bier tranken, ging Steffi nach unten. Kurz darauf gab Stefan Thorsten und mir ein Zeichen. Wir gingen mit ihm in den Keller und trafen Steffi in unserem Zimmer. Dort sagte Stefan zu uns: ›Andy ist wahnsinnig. Die macht das tatsächlich. Ihr müsst von hier verschwinden. Morgen Abend fahren Andy und Jenny weg. Wir warten, bis die anderen genügend getrunken haben. Dann nehmen wir den VW-Bus, und ich bringe euch fort. Steffi hat zwei WGs in Frankfurt und Stuttgart gefunden, wo ihr für einige Wochen oder Monate wohnen könnt.‹

›Danke‹, sagte ich, und auch Thorsten bedankte sich, doch sein Gesicht wirkte nach wie vor wie versteinert. Ich glaube, dass er damals nicht in der Lage war, irgendetwas zu tun, und einfach abwartete, was geschehen würde. Er war es seit Jahren gewohnt, von Andy wie ein willenloser Gegenstand behandelt zu werden, und hatte sich mit dieser Rolle abgefunden, weil er hoffte, dass sie irgendwann aufhören würde, ihn zu quälen. Aber leider war es dadurch nur noch schlimmer geworden. Er hat mir unendlich leid getan…«

»Das kann ich verstehen«, sagte Sarah. »Es ist unvorstellbar, was ihr da erlebt habt.«

»Am nächsten Abend fuhren Andy und Jenny wie vorgesehen weg. Wir verabschiedeten uns in einem unbeobachteten Augenblick von Steffi, und ich sagte: ›Danke für alles.‹ ›Ich hoffe, dass alles gutgeht und dass wir uns eines Tages wiedersehen‹, antwortete sie. Dann trug sie mehrere Kästen Bier und Wodka aus dem Keller nach oben, und die anderen begannen zu trinken. Als sie ausreichend alkoholisiert waren, setzte sich Steffi zu Andys Freunden und forderte sie auf, noch mehr zu trinken, um sie abzulenken. Schließlich nickte Stefan. Es war Zeit zu gehen. Wir warfen Steffi zum Abschied noch einen Blick zu. Dann gingen wir nach unten. Stefan folgte kurz darauf, und wir liefen auf einem kleinen Umweg durch den Wald zum VW-Bus, der weiter entfernt in der Einfahrt stand. Es war längst tief dunkel, als wir abfuhren, und wir konnten annehmen, dass Andy und Jenny erst im Morgengrauen zurückkehren würden, obwohl man bei ihnen nie ganz sicher sein konnte. Nachdem wir einige Zeit gefahren waren, sagte Stefan: ›Sylvia, dich bringe ich nach Frankfurt. Die WG dort ist eine Frauen-WG. Thorsten fahre ich nach Stuttgart.‹ ›Woher kanntet ihr diese WGs?‹, fragte ich. ›Steffi hat die Leute kennengelernt, als wir in Frankfurt und Stuttgart Abos verkauft haben. Ohne sie hätte das alles ohnehin nie funktioniert. Sie ist die Seele des Widerstands in der Gruppe. Andy toleriert sie nur, weil sie so viele Abos verkauft. Wie sie das macht, ist ihr Geheimnis. Auf jeden Fall wäre Andy ohne Steffi und mich längst pleite. Ihr BMW wäre vor einem Jahr ohnehin beinahe gepfändet worden. Wenn ich mit dem Finanzamt keine Steuerstundung ausgehandelt hätte, wäre er weg gewesen.‹ ›Du scheinst dich mit finanziellen Angelegenheiten auszukennen…‹, sagte ich. ›Ja, ich habe mal eine Ausbildung zum Steuerfachwirt angefangen, die ich dann aber abbrechen musste, weil ich Drogen genommen hatte. Als ich die Drogensucht los war, hatte ich kein Geld mehr und habe auf eine Anzeige im Internet geantwortet… Andy hat bald entdeckt, dass meine Kenntnisse für sie nützlich waren und hat mich deshalb respektiert und in Ruhe gelassen.‹

Als wir etwa eine Stunde unterwegs waren, bemerkten wir im Rückspiegel ein Auto, das sich schnell näherte und uns anblinkte. Mir schlug das Herz bis zum Hals. Stefan gab Vollgas und schrie: ›Verdammt! Die Kiste fährt nicht schneller als 90!‹ Das Auto kam immer näher, und wir fürchteten, was kommen würde, weil wir gesehen hatten, dass es ein dunkler BMW war. Schließlich setzte der Wagen zum Überholen an. Stefan versuchte schneller zu fahren, aber es ging nicht. Ich schrie und heulte vor Verzweiflung. Der BMW scherte nach dem Überholen wieder ein, und der Beifahrer streckte seine rechte Hand nach draußen. Er winkte mit einer Bierdose, die er anschließend in den Straßengraben warf. Dann beschleunigte das Auto rasch und fuhr weiter. Wir waren alle in Schweiß gebadet, und ich zitterte vor Angst. Schließlich kam kurz darauf noch ein zweites Auto und überholte, nachdem es uns beinahe gerammt hätte. ›Sieht aus wie ein illegales Autorennen nach der Disko‹, sagte Stefan erleichtert. ›Mir war schon in den letzten Tagen aufgefallen, dass mit dem VW-Bus etwas nicht ganz stimmt. Die Zündkerzen sind schon ewig nicht mehr ausgewechselt worden, und wir hatten natürlich auch keine im Haus. Andy hat kein Geld für irgendwas anderes außer für Jenny und ihren BMW. Aber nach Stuttgart dürften wir es noch schaffen.‹ ›Was machst du danach?‹, fragte ich. ›Ich fahre nach München weiter. Dort habe ich Freunde, bei denen ich für ein paar Tage bleiben kann. Der Rest findet sich.‹ ›Warum ist Steffi nicht mitgekommen?‹ ›Wir konnten so schnell nicht mehr Unterkünfte finden, die sicher sind, denn Andy darf natürlich auf keinen Fall herausfinden, wo wir sind. Und vor allem macht sie sich Sorgen um Ulrike. Sie könnte Andys nächstes Opfer werden, und Steffi wollte sie nicht allein lassen.‹ ›Wir müssen versuchen, den beiden zu helfen. Sollen wir zur Polizei gehen?‹ ›Das könnte für sie ein erhebliches Risiko bedeuten. Wenn Andy merkt, dass gegen sie ermittelt wird, dreht sie vielleicht durch.‹ ›Sie müsste sofort verhaftet werden.‹ ›Richtig. Sie hat auch schon mal einen anderen Drückerboss umgebracht, aber das ist keine Garantie dafür, dass sie sofort aus dem Verkehr gezogen würde. Du weißt ja, wie das heute ist… Der Mord an dem Drückerchef würde wohl als Totschlag oder Körperverletzung mit Todesfolge angesehen. Außerdem hat sie ja einen festen Wohnsitz. Und die Schläge, die sie euch verpasst hat… Gemeinschaftliche gefährliche oder schwere Körperverletzung ist auch kein Haftgrund.‹ ›Aber sie ist eine tickende Zeitbombe…‹ ›Natürlich, aber erklär' das mal einem Richter… Außerdem müssten Jenny und Klaus auch verhaftet werden, und das dürfte noch schwieriger werden.‹ Obwohl ich erleichtert war, dass wir offenbar das Schlimmste überstanden hatten, war ich doch auch niedergeschlagen, weil ich Angst um Steffi und Ulrike hatte und fürchtete, dass es schwer werden würde, ihnen zu helfen. Wenigstens verlief der Rest der Fahrt ohne Probleme, und wir kamen um halb drei morgens in Frankfurt an, wo Stefan mich in der WG ablieferte. Die Wohngemeinschaft bestand überwiegend aus ehemaligen Prostituierten, die alle ausgebeutet und misshandelt worden waren. Sie haben mir geholfen, mich hier zurechtzufinden, und sie haben mir auch, so gut sie es konnten, ein gewisses Gefühl der Sicherheit gegeben. Trotzdem fand ich am Anfang nur wenig Schlaf, und auch heute habe ich noch mit erheblichen Schlafproblemen zu kämpfen, weil nachts der ganze Albtraum, den ich erlebt habe, wieder lebendig wird.«

Sarah umarmte Sylvia und legte einen Arm um ihre Schulter. Dann fuhr Sylvia fort:

»Ich habe sofort angefangen, Arbeit zu suchen, weil ich Geld brauchte, und habe schnell eine Putzstelle bei einer Anwaltsfamilie gefunden. Schließlich habe ich mich um einen Studienplatz beworben und konnte in der Tat auch zum Wintersemester mit dem Studium anfangen. Im Oktober bin ich dann in dieses Wohnheim gezogen, aber ich habe noch immer furchtbare Angst, dass Andy oder andere aus unserer Gruppe mich hier entdecken könnten, denn es ist schon vorgekommen, dass ehemalige Drücker auf Anweisung ihrer Chefs entführt und zurückgebracht wurden. Du weißt natürlich, was mich in einem solchen Fall erwarten würde.«

»Ja..., aber darüber sollten wir lieber nicht nachdenken.«

»Ich weiß nicht, ob die Drücker, die hier waren, Mitglieder unserer Gruppe waren. Steffi und die anderen waren ja auch schon mal in Frankfurt.«

»Das glaube ich nicht. Es gibt mit Sicherheit noch viele andere Gruppen von Zeitschriftenwerbern in Deutschland.«

»Ja, sicher.«

»Außerdem sind sie jetzt weg und werden auch nicht wiederkommen.... Wenn du willst, kann ich dich in den nächsten Tagen begleiten, wenn du weggehen willst, und wir können auch zusammen an die Uni fahren. Auf diese Weise bist du nicht allein...«

»Danke. Das ist sehr nett von dir... Ich glaube, ich werde das Angebot annehmen. Es gibt aber noch etwas anderes, was mir keine Ruhe lässt... Ich weiß nach wie vor nicht, wie es Steffi und Ulrike geht. Ich würde ihnen gerne helfen, aber ich bin mir alles andere als sicher, ob die Polizei wirklich etwas für uns tun könnte. Für mich ist Andy beinahe allmächtig...«

»Das kann ich gut verstehen, aber nach der unfassbaren Geschichte, die ihr erlebt habt. muss diese Andy doch sofort verhaftet werden.«

»Ich weiß nicht.... Ich fürchte, dass Stefan recht haben könnte.«

»Ich kenne die deutsche Justiz und Rechtsprechung nicht

so genau, aber ich kann mir nicht vorstellen, dass eine solche Kriminelle nach derartigen Verbrechen nicht verhaftet würde.«

»Mein Gott, ich weiß nicht, was ich tun soll.«

Sarah überlegte eine Weile und sagte dann:

»Ich habe eine Idee. Du hast mir gesagt, dass du bei einer Anwaltsfamilie arbeitest. Vielleicht könntest du dem Anwalt die Geschichte erzählen. Er könnte sicher einschätzen, ob Andy sofort verhaftet würde, und würde deine Angst wahrscheinlich zerstreuen…«

»Das stimmt«, sagte Sylvia nach einem Augenblick. »Es kann sein, dass seine Frau ohnehin etwas gemerkt hat. Als ich im vorigen September ein Kleid mit kurzen Ärmeln trug, hat sie eine meiner Narben gesehen und mich entsetzt gefragt: ›Mein Gott, Sylvia, was haben Sie denn da angestellt?‹ Ich habe versucht, eine Ausrede zu erfinden, und gesagt, ich sei als Schülerin vom Fahrrad gefallen und hätte mir ziemlich weh getan. Ich hatte aber den Eindruck, dass sie mir nicht ganz geglaubt hat und vielleicht den Verdacht hatte, dass ich als Kind geschlagen wurde. Auf jeden Fall sind sie und ihr Mann sehr verständnisvoll, und deine Idee ist tatsächlich nicht schlecht. Ich würde gern bis morgen nochmal darüber nachdenken.«

»Ja, klar«, sagte Sarah.

Am nächsten Tag rief Sylvia in der Tat den Anwalt an, bei dem sie arbeitete. Er bot ihr an, dass sie noch am Abend desselben Tages zu ihm kommen könne. So fuhren Sylvia und Sarah am frühen Abend mit dem Bus in den Stadtteil, wo der Anwalt wohnte. Zwar hatte Sylvia noch immer Angst, entdeckt zu werden, aber Sarahs Anwesenheit vermittelte ihr immerhin ein gewisses Gefühl der Sicherheit. Als sie ankamen, stellte Sylvia Sarah dem Anwalt vor:

»Das ist meine Freundin Sarah. Ich habe sie sozusagen zur Verstärkung mitgebracht, weil es mir sehr schwerfällt, über das zu reden, worüber ich mit Ihnen sprechen möchte.«

»Kommen Sie nur herein«, sagte der Anwalt und bat die beiden in sein Arbeitszimmer. »Übrigens, mein Name ist Bülow. Worum geht es denn?«

»Sylvia war bis vor ein paar Monaten Zeitschriftenwerberin und hat furchtbare Dinge erlebt, über die sie mit Ihnen sprechen möchte. Es geht nicht zuletzt darum, ehemalige Kolleginnen in Sicherheit zu bringen und auch darum, dass sie selbst keine Angst mehr vor diesen Leuten haben muss«, antwortete Sarah.

Dann erzählte Sylvia Herrn Bülow ihre Geschichte.

Nachdem sie fertig war, sagte er:

»Mein Gott, Sylvia, das ist eine so grausame Geschichte, dass man sie in einem Land wie Deutschland kaum für möglich halten würde, aber es gibt eben nichts, was unmöglich wäre. Diese Erfahrung macht man in unserem Beruf immer wieder. Meine Frau hat mir vor einiger Zeit erzählt, dass sie bei Ihnen eine Narbe am Rücken entdeckt und sich darüber gewundert hat. Aber auf eine so ungeheuerliche Erklärung wären wir natürlich nie gekommen. Was nun Ihre Frage angeht, ob diese Andy und ihre Komplizen sofort verhaftet würden, kann ich Sie beruhigen. Zwar ist Stefans Angst grundsätzlich keinesfalls unbegründet, denn auch bei schweren Gewaltdelikten ergeht häufig kein Haftbefehl, oder er wird nach kurzer Zeit wieder außer Vollzug gesetzt. Doch angesichts der außerordentlichen Schwere des Falls, der Gefahr für Sie und weitere Opfer und der Verdunkelungsgefahr können Sie davon ausgehen, dass hier sofort ein Haftbefehl erlassen wird. Wenn Sie wollen, kann ich Sie morgen zur Polizei begleiten und Ihnen gegebenenfalls juristischen Beistand leisten.«

Am nächsten Tag gingen Sylvia und Sarah in Begleitung des Anwalts zur Polizei, und Sylvia schilderte den Beamten ihre Erlebnisse. Der Polizist schüttelte immer wieder den Kopf und sagte zum Schluss: »So etwas ist mir selbst in fast 30 Dienstjahren in einer Großstadt noch nie begegnet. Wir werden Ihre beiden ehemaligen Kollegen ausfindig machen. Wenn sie Ihre Aussagen bestätigen, werden wir sofort einen Haftbefehl beantragen. Ich möchte Sie noch bitten, morgen zum gerichtsmedizinischen Institut zu gehen, um die Verletzungen dokumentieren und beurteilen zu lassen.«

Während die Polizei den Aufenthaltsort von Thorsten und Stefan ermittelte, ging Sylvia am nächsten Tag zum Institut für Gerichtsmedizin, wo sich der untersuchende Arzt ebenfalls erschüttert zeigte: »Die Verletzungen waren so schwer, dass sie zum Tod hätten führen können. Ich bin kein Jurist, aber meiner Meinung nach war das versuchter Mord, denn die Täterinnen haben Ihren Tod bewusst in Kauf genommen.«

Schon am Abend des nächsten Tages rief ein Polizeibeamter an und bat Sylvia, ins Präsidium zu kommen.

»Wir haben Ihre ehemaligen Kollegen gefunden«, sagte einer der ermittelnden Kriminalbeamten. »Sie haben Ihre Angaben voll bestätigt, ebenso wie unsere sonstigen Ermittlungen. Wir haben mittlerweile auch Haftbefehle gegen alle drei Beschuldigten, die in den nächsten Stunden vollstreckt werden. Sie können also beruhigt sein. Ihre Kolleginnen werden nach der Festnahme der Täterinnen an einen sicheren Ort gebracht. Ich möchte Sie bitten, sich in den nächsten Tagen für Rückfragen zur Verfügung zu halten.«

Am Abend des folgenden Tages machten Sarah und Sylvia wieder einen längeren Spaziergang am Flussufer. Es war inzwischen deutlich milder geworden, und ein beständiger Wind trieb Wolken von West nach Ost, aus denen es manchmal leicht regnete.

»Ich mag dieses Wetter«, sagte Sylvia. »Aus irgendeinem Grund bedeutet es für mich Leben.«

»Mir geht es ähnlich«, sagte Sarah und lächelte. Sylvia war tief erleichtert, seit sie am Vormittag erfahren hatte, dass Andy, Jenny und Klaus in der Nacht zuvor verhaftet worden waren.

»Ich glaube, dass du bald von Steffi hören wirst«, sagte Sarah.
»Ich hoffe es. Es wäre für mich sehr wichtig zu wissen, dass es ihr gutgeht.«

Nachdem sie zurückgekehrt waren, klingelte in der Tat noch am selben Abend das Telefon. Steffi erzählte Sylvia, dass sie in Sicherheit sei und jetzt in einem Wohnheim lebe. Als Sylvia fragte, ob Steffi nach Frankfurt kommen könne, antwortete sie: »Ja, natürlich. Ich glaube, wir haben uns viel zu erzählen. Wenn du willst, kann ich morgen kommen.«

Als Steffi am Abend des nächsten Tages ankam, stellte Sylvia ihr Sarah vor: »Das ist Sarah, von der ich dir am Telefon schon kurz erzählt habe. Sie hat mich davon überzeugt, zur Polizei zu gehen.« »Schön, dich kennenzulernen«, sagte Steffi zu Sarah. »Du hast uns allen sehr geholfen. Ich habe manchmal gedacht, dass dieser Albtraum nie enden würde…«

Sarah erzählte Steffi von Sylvias panischer Reaktion auf den Besuch der Zeitschriftenwerber, und Steffi antwortete:

»Nach allem, was sie erlebt hat, ist das kein Wunder. Für viele in unserer Gruppe war Andy beinahe so etwas wie ein dämonisch-allmächtiges Wesen. Auch heute noch haben viele Angst vor ihrer Rache.«

Schließlich bat Sylvia Steffi zu erzählen, was sich ereignet hatte, nachdem sie, Thorsten und Stefan weg waren.

»Wie ihr euch denken könnt«, sagte Steffi, »bekam Andy einen fürchterlichen Wutanfall, als sie am nächsten Morgen merkte, dass ihr nicht mehr da wart. Sie schrie immer wieder: ›Ich bringe die drei um! Ich bringe euch alle um!‹ Dabei sah sie insbesondere mich finster und drohend an. Dann brachen wir auf, um Abos zu verkaufen. Da wir und vor allem ich an diesem Tag ziemlich erfolgreich waren, kam einiges an Geld zusammen, das Andy dringend brauchte, doch das besänftigte sie nur kurz. Am Vormittag des nächsten Tages sagte sie zu mir: ›Komm mit!‹ Nachdem ich ihr in ihr Arbeitszimmer gefolgt war und vor ihrem Schreibtisch stand, begann sie, mit der Peitsche herumzuspielen, die vor ihr auf dem Tisch lag. ›Ich weiß, dass du mit Stefan unter einer Decke steckst‹, sagte sie. ›Nimm dich in Acht!‹ Statt einer Antwort habe ich ihr nur in die Augen gesehen. Nach ein paar Sekunden sagte sie schließlich: ›Verschwinde!‹ Sie kannte mich gut genug, um zu wissen, dass ich niemals euren Aufenthaltsort preisgegeben hätte, selbst wenn sie mich zu Tode gefoltert hätte.

Dennoch habe ich mich in den folgenden Tagen öfter gefragt, ob ich da noch lebend rauskommen würde.

Dann jedoch begann eine merkwürdige Entwicklung, die ich mir nicht ganz erklären kann. Andy fing an, rasch immer mehr Alkohol zu trinken. Sie konsumierte nicht nur erhebliche Mengen Bier, sondern vor allem auch mehr und mehr harte Sachen. Zwar stank es in großen Teilen des Hauses nach Alkohol und Erbrochenem und wir kamen kaum mit dem Saubermachen hinterher, aber dafür verschlief sie einen großen Teil des Tages und wachte am Schluss nur noch zwischendurch für eine oder zwei Stunden auf, um ihren Alkohol zu sich zu nehmen. Sie verfiel regelrecht und lag manchmal beinahe im Koma. Außer für Jenny, Klaus und ein paar andere war es eine Erlösung, auch wenn Andy und ihre Freunde letztlich unberechenbar blieben. Natürlich habe ich mich ständig gefragt, was aus euch geworden ist, aber ich kannte die WGs und wusste, dass ihr in guten und vor allem sicheren Händen wart. Auch Ulrike hat Andy glücklicherweise in Ruhe gelassen.

Vor ein paar Tagen schließlich saßen wir abends gemeinsam vor dem Fernseher. Andy war noch wach, nachdem sie an diesem Tag wieder einen kleinen Wutanfall gehabt hatte. Als sie gerade eine neue Flasche Wodka angebrochen hatte, gab es plötzlich einen lauten Knall. Sowohl durch die Haustür als auch durch die Terrassentür stürmten schwer bewaffnete Polizisten ins Haus, drängten uns zur Seite und rissen Andy, Jenny und Klaus zu Boden. Als die Polizisten den drei Handschellen anlegten, warf Andy mir einen letzten, hasserfüllten Blick zu, bevor sie abgeführt wurde. Es war so unwirklich… Ein jahrelanger Albtraum war in Sekunden vorbei«, sagte Steffi. Sylvia und Sarah bemerkten, dass eine Träne über ihre Wange lief, und Sylvia umarmte Steffi. »Nachdem die Sondereinheit abgerückt war«, fuhr Steffi fort, »kamen reguläre Polizei- und Kripobeamte und brachten uns zur Vernehmung nach Koblenz. Dann wurden wir in ein Wohnheim der Polizei gebracht, wo wir bis auf weiteres bleiben können. Ich habe mittlerweile auch von Thorsten und Stefan gehört und weiß, dass es ihnen gutgeht.«

»Ich bin natürlich auch froh, dass sie in Sicherheit sind und dass insbesondere für Thorsten das Schlimmste vorbei ist… Stefan hat mir auf der Fahrt einiges erzählt und dabei auch erwähnt, dass du besonders viele Abos verkauft hast. Wie hast du das eigentlich gemacht?«, fragte Sylvia.

»Erstens bin ich nicht sonderlich schüchtern«, antwortete Steffi mit einem Lächeln. »Und außerdem habe ich den Leuten natürlich nicht die dämlichen Geschichten erzählt, die wir auswendig lernen mussten.«

»Was hast du ihnen stattdessen gesagt?«

»Die Wahrheit«, entgegnete Steffi ihren verblüfften Zuhörerinnen. »Ich habe gesagt, dass wir eine Gruppe arbeitsloser junger Leute sind, die versuchen müssen, mit dem Verkauf von Zeitschriftenabos Geld zu verdienen. Und nachdem ich eine Weile mit ihnen gesprochen hatte, habe ich auch erwähnt, dass wir bestraft werden, wenn wir nichts verkaufen. Die Leute haben gespürt, dass ich die Wahrheit sagte, und haben mir auch deshalb eher zugehört. Nicht zu unterschätzen war natürlich auch, dass ich seit jeher ein großes Interesse nicht nur an Musik, sondern auch an nahezu allen anderen kulturellen, historischen und politischen Themen hatte. Das machte es mir viel leichter, insbesondere Akademiker davon zu überzeugen, eine Zeitung zu abonnieren. Manche wohlhabenden Anwälte und Ärzte haben mir sogar zwei Abos abgekauft… Einigen habe ich dann auch mehr über mich und die Gruppe erzählt, auch wenn ich natürlich nicht genau beschreiben konnte, was dort ablief. Manche haben freilich geahnt, dass es noch viel schlimmer war, als ich es ihnen schildern konnte… Auf diese Weise habe ich dann auch den Arzt kennengelernt, der mir die Schmerzmittel und die Antibiotika gegeben hat. Er muss mir wirklich vertraut haben, denn der Verkauf der Schmerzmittel wird streng überwacht… Auf jeden Fall hat mir mein Erfolg beim Verkauf von Abos ziemlich viel Freiheit gegeben, denn Andy war letztlich auf mich angewiesen.

Freilich hätte meine Methode bei keinem anderen in unserer Gruppe funktioniert. Außerdem war sie nicht ungefährlich, denn ihr könnt euch ja denken, was passiert wäre, wenn Andy herausgefunden hätte, was ich den Leuten erzählt habe. Andere hätte sie dafür wahrscheinlich totgeschlagen.«

»Mit Sicherheit«, sagte Sylvia. »Die Antibiotika haben mir das Leben gerettet, und ohne die Schmerzmittel hätte ich es wohl nicht ausgehalten.«

»Es war ein Glücksfall, dass ich sie organisieren konnte«, antwortete Steffi und umarmte Sylvia.

»Du hast gewissermaßen das System mit seinen eigenen Waffen geschlagen«, fuhr Sylvia fort.

»Ja, man könnte es so ausdrücken… Es war unter den gegebenen Umständen die einzige Möglichkeit.«

Einige Monate später, im Frühsommer, begann der Prozess gegen Andy, Jenny und Klaus. Steffi hatte inzwischen ein Stipendium erhalten und studierte Musik in Frankfurt, während Thorsten nach längerer psychotherapeutischer Behandlung einen Ausbildungsplatz als Bankkaufmann gefunden hatte.

Stefan hatte seine Ausbildung zum Steuerfachwirt wieder aufgenommen und plante, nach dem Abschluss Betriebswirtschaft zu studieren, um später Steuerberater zu werden.

Steffi, Sylvia, Thorsten und Stefan wurden während des Prozesses als Zeugen gehört, und Sarah begleitete Sylvia, als sie vor Gericht erscheinen musste. Andy würdigte die vier keines Blickes, als sie ihr gegenübersaßen.

Sylvia musste ihre noch immer tief verwurzelte Angst überwinden, als sie die Peitsche auf dem Richtertisch liegen sah, die von allen Prozessbeteiligten in Augenschein genommen wurde. Es fiel ihr genau wie Thorsten schwer, alle Einzelheiten genau zu beschreiben, weil die Ereignisse noch immer in ihren Gedanken und Albträumen so lebendig waren, als seien sie erst kurz zuvor geschehen.

Nachdem die vier Zeugen ihre Aussagen gemacht hatten, fragte der Vorsitzende Richter Andy:

»Laut dem Gutachten der Gerichtsmedizin hätten die Schläge tödlich sein können. War Ihnen das bewusst?«

»Nein«, antwortete sie. »Wir wollten die beiden nur erschrecken, damit sie mehr Abos verkaufen.«

»Dafür haben Sie sie geschlagen, bis sie mehrmals ohnmächtig wurden…«

»Ich wollte nur, dass sie es endgültig kapieren. Außerdem kann ich mich an all das nicht mehr erinnern, weil ich Alkohol getrunken hatte.«

Schließlich sagte der Richter kopfschüttelnd: »Wissen Sie, ich versuche, das alles hier zu verstehen… Aber es gelingt mir nicht.«

Nachdem Sylvia, Steffi und Sarah nach dem Gerichtstermin nach Frankfurt zurückgekehrt waren, klingelte einige Tage später abends Sylvias Telefon. Steffi und Sarah, die beide gerade zu Besuch waren, hörten, dass Sylvia mit Herrn Bülow sprach, der ihr beim Prozess gegen Andy, Jenny und Klaus als Anwalt beigestanden hatte. Nachdem sie aufgelegt hatte, fragte Steffi, was geschehen sei, weil sie spürte, dass sich offenbar etwas Unerwartetes ereignet hatte.

»Herr Bülow hat mir gesagt, dass Andy in der letzten Nacht Selbstmord begangen hat.«

»Was?«, fragte Steffi und fuhr nach einem Augenblick fort: »Es war natürlich unübersehbar, dass sich ihr körperlicher Zustand weiter verschlechtert hatte. Vor Gericht sah sie aus wie ein körperliches und seelisches Wrack... Hat der Anwalt dir erzählt, warum sie sich das Leben genommen hat?«

»Ja. Offenbar hatte sie einige Tage zuvor erfahren, dass sie an einem unheilbaren Gehirntumor litt und nur noch wenige Monate zu leben hatte. In der letzten Nacht hat sie sich dann in einem unbeobachteten Augenblick mit einem Bettlaken erhängt.«

»Das erklärt so einiges«, antwortete Steffi. »Mir war schon seit einiger Zeit aufgefallen, dass ihre Aussprache undeutlich wurde und dass ihr auch einfache Wörter oft nicht einfielen, aber ich habe das mit ihrem extremen Alkoholkonsum in Verbindung gebracht. Diese Krankheit war wohl auch ein Grund dafür, dass sie mich trotz allem halbwegs toleriert hat. Ohne die Abos, die ich verkaufte, wäre sie pleite gewesen und hätte damit auch kein Geld mehr für den Alkohol gehabt, der es ihr erlaubte, ihre Misere halbwegs zu vergessen... Dass sie tot ist, ist sicher eine Erleichterung für euch. Jetzt braucht ihr endgültig keine Angst vor ihrer Rache mehr zu haben.«

»Das stimmt. Das ist jetzt vorbei, aber die Albträume werden mich trotzdem noch lange Zeit begleiten, auch wenn die Erinnerungen durch ihren Tod hoffentlich ein wenig in die Ferne rücken werden.«

Nach einer kürzeren Unterbrechung wurde schließlich der Prozess gegen Jenny und Klaus zu Ende geführt, und einige

Wochen später erfuhren Sylvia und Steffi, dass Jenny wegen schwerer Körperverletzung und Nötigung zu zwei Jahren Haft auf Bewährung verurteilt worden war. Ihr war ihre emotionale Abhängigkeit von Andy zugute gehalten worden. Klaus erhielt wegen Beihilfe zu beiden Delikten eine Freiheitsstrafe von einem Jahr auf Bewährung.

»Das sind äußerst milde Strafen für das, was sie euch angetan haben«, sagte Steffi.

»Das stimmt«, antwortete Sylvia. »Ich werde wohl mein ganzes Leben lang unter Albträumen leiden und Fremden nie mehr so leicht wirklich vertrauen können.«

»Ich hoffe, dass es irgendwann besser wird und dass du ein neues Leben anfangen kannst«, sagte Steffi.

»Sarah hat mir vorgeschlagen, mit ihr nach Amerika zu gehen und dort zu studieren. Mir hat die Idee gefallen, und ich habe mich schon vor einiger Zeit um ein Stipendium für eine amerikanische Universität beworben.«

»Das würde dir sicher helfen, etwas mehr Abstand von deinen Erlebnissen zu gewinnen.«

»Ja…, aber bis es so weit ist, werden wir bestimmt noch viel Zeit miteinander verbringen.«

»Das stimmt«, entgegnete Steffi und umarmte Sylvia, bevor sie sich verabschiedeten.

Am Abend desselben Tages sprachen Sarah und Robert wie öfter zu jener Zeit über Sylvias Erlebnisse.

»Es ist eine schreckliche Geschichte, die man in einem heutigen westlichen Land für unmöglich halten würde… Man könnte beinahe glauben, dass diese Andy tatsächlich wahnsinnig war«, sagte Sarah.

»Im medizinischen Sinn war sie es wohl kaum«, antwortete Robert. »Aber der Schlaf der Vernunft gebiert Ungeheuer. Das ist heute noch genauso wie im Mittelalter oder zur Zeit der

Religionskriege. Ich habe den Eindruck, dass Andy in einem Machtrausch gehandelt hat, der sich immer weiter steigerte, bis sie sich als unumschränkte Herrin fühlte. Aber wie so oft war sie nicht allein. Es gab andere, die sie unterstützten, weil sie an ihrer Macht teilhaben wollten oder sie bedingungslos bewunderten. Diese Leute waren zwar nur eine Minderheit, aber zusammen mit einem System von Einschüchterung und Belohnungen hat es ausgereicht, um ihr die totale Macht über die Gruppe zu sichern. Außerdem waren die Leute natürlich in einer verzweifelten Lage und dadurch von ihr abhängig.«

»Das ist richtig, aber Steffi und ihre Freunde haben all dem Widerstand entgegengesetzt… und letztlich mit Erfolg.«

»Da hast du recht. In diesem Fall ist am Ende alles ausgegangen, auch wenn Sylvia und Thorsten wohl für immer an ihren fürchterlichen Erfahrungen zu leiden haben werden.«

»Ich werde tun, was ich kann, um Sylvia zu helfen und ihr das Leben ein wenig leichter zu machen. Vielleicht wäre es gut für sie, wenn sie ein oder zwei Jahre in Amerika studieren würde.«

»Ja, ich glaube, das ist eine ausgezeichnete Idee«, antwortete Robert.

In der Tat erhielt Sylvia wenig später eine Zusage für ein Stipendium an einer Universität in Maryland. Da auch Sarah und Robert sich entschieden hatten, im Herbst nach Washington zurückzukehren, beschlossen alle drei, am selben Tag im Frühherbst nach Amerika zu fliegen.

Als der Tag der Abreise gekommen war, begleitete Steffi die drei zum Flughafen. Es war ein beinahe sommerlicher, wolkenloser Tag Ende September, an dem die Sonne die Stadt in ein warmes, mildes Licht tauchte. Sylvia freute sich auf ihr Studium in Amerika und hoffte, dass es für sie einen weiteren Schritt in ein neues Leben bedeuten würde. Dass Sarah nicht weit von ihr entfernt wohnen würde, machte ihr die Reise in eine andere Welt leichter, auch wenn sie wusste, dass sie Steffi sehr vermissen würde. Beide versprachen sich, einander regelmäßig zu besuchen, und Steffi hoffte, schon Anfang des kommenden Jahres nach Amerika fliegen zu können. Als sie sich zum Abschied umarmten, bemerkte Sylvia eine Narbe an Steffis Schulter.

»Du hast da eine Narbe… Das ist mir noch gar nicht aufgefallen.«

»Na ja, es ist auch das erste Mal, dass ich dieses ärmellose Kleid trage«, antwortete Steffi.

Sylvia hatte sofort einen Verdacht und fragte Steffi, was es mit dieser Narbe auf sich habe.

»Nun…«, antwortete Steffi nach einem Augenblick, »ich habe dir ja von der Konfrontation in Andys Arbeitszimmer erzählt. Als sie mir gesagt hat, dass ich verschwinden soll, habe ich mich umgedreht und wollte zur Tür gehen. Da habe ich plötzlich einen stechenden Schmerz an der Schulter gespürt. Andy hatte mit der Peitsche nach mir geschlagen, aber der Hieb hat nur einen Kratzer und eine kleine Narbe hinterlassen.«

Sylvia wurde blass und sagte nur: »Mein Gott…«

»Es tut mir leid«, entgegnete Steffi. »Ich wollte es dir eigentlich nicht erzählen. Natürlich hast du recht… Es hätte auch anders ausgehen können. Aber jetzt brauchen wir uns ja keine Sorgen mehr zu machen. Diese Zeiten sind zu Ende.«

»Hoffentlich…«

»Mit Sicherheit… Andy wird wohl kaum wieder auferstehen«, sagte Steffi und drückte Sylvia zum Trost fest an sich.

Als wenig später das Flugzeug abhob, warfen Sylvia und Sarah einen letzten Blick auf die Hochhäuser der Innenstadt und den Fluss, dessen Wasser die Strahlen der Spätnachmittagssonne reflektierte. Beide dachten an ihre gemeinsamen Spaziergänge und an all das, was sich im vergangenen Jahr ereignet hatte.

»Erinnerst du dich noch an unseren ersten Spaziergang im Winter?«, fragte Sylvia.

»Ja«, antwortete Sarah. »Seitdem hat sich für dich vieles verändert.«

»Das stimmt… Glücklicherweise war es eine Wende zum Besseren. Hoffentlich bleibt es auch so…«

»Ganz bestimmt«, entgegnete Sarah, während die Stadt langsam im Dunst des zu Ende gehenden Tages verschwand.

Eine Welt

Ein kalter Wind trieb abwechselnd Graupel, Regen und Schneeflocken über den Bahnhofsvorplatz. Auch im Inneren des Bahnhofsgebäudes waren die Böen noch zu spüren und wirbelten Papier und umherliegende Zeitungen auf, zumeist Ausgaben der »Einen Welt«, die Reisende in den vergangenen Tagen achtlos weggeworfen hatten und die weite Teile des Bodens bedeckten. Steffi blickte auf die zahllosen Monitore in der Bahnhofshalle, auf denen Aktienkurse, Wirtschaftsnachrichten und politische Botschaften zu sehen waren. Erst nach einiger Zeit fand sie einen Bildschirm, der die Passagiere über die Abfahrtsgleise der Vorortzüge informierte. Da der Wind hier nur noch schwach wehte, wurde sie sich zum ersten Mal des beißenden Geruchs bewusst, der in ihre Nase drang. Es war das übliche Gemisch aus Alkohol, Urin und verfaulendem Unrat, das in ihr eine plötzliche Übelkeit weckte, auch wenn die meisten Reisenden um sie herum die Ausdünstungen kaum noch wahrnahmen, die vom mit Zeitungen übersäten Boden aufstiegen. Schließlich bahnte sie sich ihren Weg durch die Fahrgäste und die Polizisten, die versuchten, Bettler und Taschendiebe von den Bahnsteigen fernzuhalten, während Ausbrüche von Geschrei und lautem Gelächter durch die Hallen gellten.

Als Steffi das Gleis erreichte, vergingen nur noch wenige Minuten, bis ihr Zug einfuhr. Nachdem sie eingestiegen war, musste sie mehrere Wagen durchqueren, bis sie einen freien

Sitzplatz fand. Manche Passagiere sprachen über Fußball oder stundenlange Verspätungen. Die meisten jedoch schwiegen und schauten aus dem Fenster oder auf den Boden, wo Bierdosen und Papierreste herumlagen. Ein Mann, der Steffi gegenübersaß, holte eine Zeitung hervor, deren Leitartikel »bahnbrechende Erfolge im Kampf um globale Demokratie« lobte und die Politik des Ausschusses für weltweite Wohlfahrt und Gerechtigkeit, der schon seit langem die Stelle der Institution eingenommen hatte, die früher Regierung hieß, als das einzig folgerichtige Ergebnis unfehlbarer wissenschaftlicher Erkenntnis bezeichnete. Steffi wandte ihren Blick von der Zeitung ab und schaute aus dem Fenster, während sich der Zug langsam in Bewegung setzte. Die S-Bahn brauchte etwa zehn Minuten vom Hauptbahnhof bis zu dem Vorort im Westen Frankfurts, wo Steffi mit Ulrike in einem kleineren Einfamilienhaus wohnte. Als der Zug den Flughafen erreichte, dachte sie an Sylvia, mit der sie sich noch immer eng verbunden fühlte, obwohl es mittlerweile Jahrzehnte her war, seit sie Deutschland verlassen hatte. Freilich hatte Steffi sie schon oft in der Kleinstadt in den Appalachen nordwestlich von New York besucht, in der sie mit ihrer Familie wohnte, und miterlebt, wie ihre drei Kinder aufwuchsen, von denen zwei mittlerweile an der Westküste studierten. Auch mit Sarah, die Physikprofessorin in Maryland war und mit Robert in der Nähe von Washington lebte, stand sie noch regelmäßig in Kontakt. Wie manchmal wurden auch an jenem Abend in Steffis Tagträumen Erinnerungen an ihre Jahre als Zeitschriftenwerberin wach, obwohl sie versuchte, diesen Abschnitt ihres Lebens aus ihren Gedanken zu verbannen. Steffi war deshalb froh, als der Zug den Bahnhof erreichte, an dem sie aussteigen musste. Auf dem Weg nach draußen durchquerte sie die Bahnhofshalle, die nur notdürftig von wenigen Lampen erhellt wurde und in der Obdachlose Bierflaschen und Zeitungen hinterlassen hatten, die sie als Decke benutzten. Auch hier herrschte der Geruch des Elends, der sich in so vielen Bahnhöfen und öffentlichen Gebäuden verbreitete. Vom Bahnhof aus lief Steffi den kurzen Weg nach Hause durch mehrere Seitenstraßen und eine von älteren Bäumen gesäumte Allee, von der aus man am Tag das Flusstal überblicken konnte, das jedoch jetzt, im Dunkel der Winternacht, fast unsichtbar blieb. Nach wenigen Minuten war sie an dem Haus angekommen, das sie und Ulrike vor etwa 15 Jahren gekauft hatten. Selbst im Licht der Straßenlampen erkannte man, dass es einmal weiß gewesen war, dann aber im Lauf der Jahre durch die Abgase des Flughafens und nahegelegener Fabriken einen grauen Farbton angenommen hatte. Auch zu dieser abendlichen Stunde war der ständige Lärm startender und landender Flugzeuge zu hören, deren Scheinwerfer in regelmäßigen Abständen den Himmel erhellten.

Im Wohnzimmer setzte sie sich nach kurzer Zeit an ihren Flügel und spielte jene Chopin-Etüde, die den Beinamen »Winterwind« trug und die ihr jedes Mal wahre Beifallsstürme einbrachte, wenn sie sie als Zugabe spielte. Das mochte auch damit zu tun haben, dass sie in ihrer Phantasie Bilder aus ihrer Zeit im Westerwald wachrief, wo sie als Zeitschriftenwerberin gelebt hatte, und dass sie sich hinterher immer wie befreit fühlte, als ob sie sich einen Albtraum von der Seele gespielt habe.

Nach etwa einer halben Stunde kam Ulrike von ihrer Arbeit als Laborassistentin nach Hause. Sie war wie immer mit dem Auto gefahren, weil sie sich weigerte, den Zug zu benutzen, seit sie vor einigen Jahren in einer U-Bahnhaltestelle überfallen und ausgeraubt worden war.

»Wie war der Tag am Konservatorium?«, fragte sie, als sie Steffi im Wohnzimmer traf.

»So weit ganz in Ordnung«, antwortete Steffi. »Außer dass es nach einer Prüfung Streit mit einer Kandidatin gab, die sich ungerecht behandelt fühlte.«

»Was ist genau passiert?«

»Der zweite Prüfer und ich waren uns eigentlich einig, dass wir ihr leider keine besonders gute Note geben konnten. Als wir mit ihr über das Ergebnis gesprochen haben, hat sie mir trotzdem sofort vorgeworfen, ich hätte sie wegen ihrer sexuellen Orientierung benachteiligt.«

»Das ist natürlich Unsinn…«

»Ja, klar. Auch wenn ich es nicht an die große Glocke hänge, wissen viele meiner Kollegen, dass wir ein Paar sind und dass ich mich seit meiner Jugend zu Frauen hingezogen fühle. Aber das schützt mich offenkundig nicht vor solchen Beschuldigungen.«

»Nein. Man muss sich immer mehr in Acht nehmen…«

»Das stimmt. Leider hat die Studentin damit gedroht, den ›Vorfall‹ dem Rektorat zu melden. Du weißt, welche Folgen das haben kann.«

»Darüber will ich lieber nicht nachdenken.«

»Ich eigentlich auch nicht… Wir werden ja sehen, was daraus wird.«

Nachdem sie zu Abend gegessen hatten, sagte Steffi:

»Ich glaube, ich spiele noch etwas Klavier. Danach fühle ich mich immer besser…«

»Wie ich dich kenne, ist das sicher eine gute Idee«, antwortete Ulrike und umarmte Steffi.

Danach ging Steffi ins Wohnzimmer und spielte zwei Schumann-Sonaten, die zu ihren Lieblingsstücken gehörten. Nachdem sie fertig war, fühlte sie sich in der Tat entspannter und bereit für das, was sie in den kommenden Wochen erwarten würde, was auch immer es sein mochte.

Der nächste Tag war ein trüber, kalter Wintertag, für den längerer Schneefall vorausgesagt war. Auf dem Weg vom Bahnhof zur Musikhochschule durchquerte die Straßenbahn ein Wohnviertel mit Häusern aus dem späten 19. Jahrhundert.

Abends konnte man manchmal das Innere der Wohnungen mit ihren hohen, stuckverzierten Decken erkennen. Steffi träumte öfter davon, in einem solchen Haus zu leben, obwohl sie wusste, dass sie sich eine Wohnung dort wahrscheinlich nie würde leisten können. Seit einiger Zeit standen vor vielen dieser Häuser Angestellte von Wachdiensten, oder ganze Seitenstraßen waren abgesperrt und nur für die Anwohner oder geladene Gäste zugänglich, wie es mittlerweile in vielen wohlhabenden Stadtvierteln üblich war. Die Musikhochschule selbst war ebenfalls ein älteres Gebäude aus der ersten Hälfte des 20. Jahrhunderts, das neben den nahen Hochhäusern der Banken beinahe winzig wirkte. Vor Beginn ihrer ersten Unterrichtsstunde ging Steffi wie immer zunächst ins Sekretariat, um nach ihrer Post zu sehen. Dabei sah sie als Erstes eine Notiz, in der sie gebeten wurde, sich im Rektorat zu melden. Sie ahnte, dass jetzt wahrscheinlich geschehen würde, was sie erwartet und worauf sie sich innerlich vorbereitet hatte, und war deshalb verhältnismäßig gelassen, obwohl sie eine gewisse innere Anspannung nicht unterdrücken konnte.

Als sie kurz darauf dem stellvertretenden Rektor gegenübersaß, kam er gleich zur Sache:

»Frau Weber, Ihnen wird vorgeworfen, gestern bei einer Abschlussprüfung eine Kandidatin wegen ihrer sexuellen Orientierung benachteiligt zu haben.«

Steffi versuchte sich zu rechtfertigen und wies darauf hin, dass sie die Entscheidung in vollem Einvernehmen mit dem zweiten Prüfer getroffen habe und dass sie sachlich gerechtfertigt gewesen sei.

»Ich nehme zur Kenntnis, was Sie sagen«, antwortete der stellvertretende Rektor. »Aber wir müssen die Sache sehr ernst nehmen. Nachdem wir die Angelegenheit geprüft haben, werden wir Ihnen morgen Bescheid geben, wie wir weiter vorgehen werden.«

Als Steffi nach dem Unterricht einige Stunden später auf dem Weg nach Hause war, blieb die Straßenbahn in der Nähe des Hauptbahnhofs in einem Verkehrsstau stecken, und sie beobachtete einige Minuten lang die Prostituierten und die Drogenhändler, die neben teuren Sportwagen vor hell erleuchteten Flatrate-Bordellen ganz offen ihre Geschäfte abwickelten. Das größte dieser Bordelle, das mit dem Motto »Sex ohne Grenzen« um Kunden warb, war schwer bewacht, weil es hier in der Vergangenheit immer wieder zu Überfällen und Schießereien gekommen war. Neben dem grell beleuchteten Bordell wirkten die angrenzenden Seitenstraßen, in denen nur wenige Straßenlampen ein trübes Licht verbreiteten und auf deren Gehsteigen sich Sperrmüll und Unrat türmten, umso düsterer. Steffi wusste aus den Erzählungen von Bekannten, dass dort mittlerweile unbeschreibliche Zustände herrschten und dass sich in manchen dieser Häuser bis zu 50 Prostituierte und Sozialhilfeempfänger ein verdrecktes Matratzenlager teilen mussten. Sie war froh, als die Straßenbahn schließlich ihre Fahrt fortsetzte, so dass sie trotz der Verspätung nicht zu lange auf die nächste S-Bahn warten musste.

Als sie zu Hause ankam, hatte es bereits zu schneien begonnen, und eine dünne, aber rasch wachsende Schneeschicht bedeckte Straßen und Gehsteige. Ulrike wartete bereits auf Steffi und fragte sie, wie der Tag verlaufen sei. Nachdem Steffi ihr von dem Gespräch mit dem stellvertretenden Direktor der Musikhochschule erzählt hatte, fragte sie:

»Glaubst du, dass sie dich entlassen?«

»Ich weiß es nicht. Das Beruhigende ist immerhin, dass wir auf das Einkommen aus meiner Arbeit am Konservatorium nicht angewiesen sind. Immerhin gebe ich ja viele Konzerte und bin ohnehin ständig ausgebucht. Das Schlimmste wäre freilich, wenn es zu einem Strafverfahren käme.«

»Eigentlich hast du nichts Unrechtes getan…«

»Das ist keine Garantie... vor allem heute nicht und insbesondere dann nicht, wenn die Kandidatin ›gut vernetzt‹ ist.«

»Es wird am Ende schon alles gut werden. Warum übst du nicht noch ein bisschen? Das bringt dich sicher auf andere Gedanken.«

»Stimmt. Ich muss mich ohnehin noch auf das Konzert übermorgen vorbereiten«, antwortete Steffi.

Danach stand sie noch eine kleine Weile im Wohnzimmer und beobachtete den dichten Nebel aus Schneeflocken im Garten und auf der Terrasse, bevor sie die beiden Beethoven-Sonaten und den Zyklus von Liszt-Etüden spielte, die auf dem Programm ihres nächsten Konzerts standen. Beim letzten, »Chasse-neige« betitelten Stück wanderten ihre Blicke unwillkürlich nach draußen, wo sich im noch immer dichten Schneetreiben im Dunkel der Nacht auf der Terrasse und auf der Rasenfläche mittlerweile eine dicke Schneedecke gebildet hatte.

»Na, fühlst du dich besser?«, fragte Ulrike, als Steffi fertig war.

»Ja, natürlich.«

»Das habe ich mir gedacht. Ich glaube, du solltest keine Angst haben. Überlege mal, was wir schon alles überstanden haben... Du hast dich als Zeitschriftenwerberin nicht unterkriegen lassen. Dann wirst du diese Herausforderung auch bestehen, egal was geschieht.«

»Richtig«, antwortete Steffi, und beide umarmten sich.

Am nächsten Morgen blieben Steffi noch einige Stunden freie Zeit, bevor ihr Unterricht am Konservatorium begann. Nachdem sie, wie oft zu Beginn des Tages, zum Aufwärmen mehrere Chopin-Etüden gespielt hatte, fiel ihr Blick wie zufällig auf ein Buch in einem der Regale neben ihrem Flügel. Es war in Leder gebunden und trug den Titel »Eine Welt der Gerechtigkeit«. Eigentlich wurde von allen Bürgern erwartet, dass sie möglichst eine neuere Ausgabe besaßen, aber für Lehrer und Universitätsdozenten war es unvorstellbar, kein Exemplar dieses Werkes ihr Eigen zu nennen. Selbstverständlich war auch, dass jeden Tag längere Passagen im Radio vorgetragen und ausführlich kommentiert wurden. Für Bürger mit niedrigerem Bildungsstand wurden in Radio- und Fernsehsendungen, in Zeitungen und im Internet die Texte in einfacher Sprache zusammengefasst und erläutert. Steffi stand auf, nahm das Buch aus dem Regal und betrachtete zunächst die erste Seite, auf der zu lesen stand: »Eine Welt der Gerechtigkeit. Eine argumentative Anleitung für den demokratischen Diskurs. Von einem Autorenkollektiv des Ausschusses für weltweite Wohlfahrt und Gerechtigkeit«. Dann schlug sie den Beginn des dritten Kapitels auf. Die Überschrift lautete: »Die Dekonstruktion der Wirklichkeit als gesellschaftliche Fiktion«. Sie überflog einige Absätze und begann dann zu lesen: »Es kann mittlerweile als unwiderlegbare Tatsache gelten, dass unsere Sicht der Wirklichkeit und die begrifflichen Unterscheidungen, auf denen sie beruht, allein eine Folge willkürlicher, gesellschaftlich bedingter Konzepte sind und dass damit auch die Existenz von Grenzen keine Grundlage in einer objektiv erkennbaren Wirklichkeit hat. Dies gilt für Grenzen, Dichotomien und Unterschiede in allen Bereichen der menschlichen Gesellschaft, aber auch in der Natur, von den Elementarteilchen bis zu den größten Strukturen des Weltalls.« Sie übersprang einige Seiten und las dann weiter: »Grenzen zwischen Staaten haben in der Einen Welt der Gerechtigkeit längst keinen Platz mehr, und es gilt, die wenigen Staaten, die noch immer an solchen verfehlten, willkürlichen Konstrukten festhalten, von den unumstößlichen Tatsachen und den einzig gültigen universalen Werten zu überzeugen… Wenn nötig, ist zur Erreichung dieses obersten Ziels der Menschheit sogar die Anwendung von demokratisch legitimiertem Zwang geboten. Dies gilt auch für Individuen, die trotz aller Aufklärung noch immer unbelehrbar an derartigen Irrtümern festhalten. Für letztere ist es auch in ihrem eigenen Interesse, zur Dekonstruktion ihres Irrglaubens und ihrer falschen Narrative gezwungen zu werden, da die politische Tiefenpsychologie längst erwiesen hat, dass die Annahme der Existenz von Grenzen eine Folge neurotischer oder gar psychotischer Persönlichkeitsstrukturen ist, die aufgebrochen werden müssen, um eine irreversible seelische Schädigung zu vermeiden… In diesem Zusammenhang ist es für bisher Uneinsichtige von besonderer Bedeutung, den Glauben an die Existenz von Geschlechtern und jedweder naturgegebener Unterschiede zwischen ihnen hinter sich zu lassen, da solche hartnäckigen Fehlannahmen auf einer phobisch-zwanghaften Persönlichkeitsstörung beruhen, die dringend der Behandlung durch speziell geschulte, diskurserfahrene Therapeut*innen und Trainer*innen bedarf… Es wird darüber hinaus unabdingbar notwendig sein, den gesellschaftlichen Diskurs von den Begriffen ›Mann‹ und ›Frau‹ zu reinigen… Auch die Annahme von geschlechtlichen und anderen ›Identitäten‹ ist ein irriges, in der Vergangenheit zu verortendes Konstrukt. Alle Bürger müssen zu der Einsicht gebracht werden, dass Menschen einzig und allein Produkte der jeweiligen Gesellschaftsordnung sind. Der Glaube an eine wie auch immer geartete Identität einschließlich einer in Wahrheit ebenfalls willkürlich-fiktionalen ›Geschichte‹ ist unsinnig…«

Nach einer Weile schloss Steffi das Buch, setzte sich wieder an den Flügel und spielte weiter, bis Ulrike an ihrem freien Nachmittag zum Mittagessen nach Hause kam.

Nach dem Essen sagte Steffi:

»Ach übrigens… Ich habe heute Vormittag mal wieder ein wenig in der ›Einen Welt der Gerechtigkeit‹ geblättert. Dabei ist mir einmal mehr aufgefallen, wie absurd diese Ideologie ist. Der ganze globale Sozialismus ist doch eigentlich nur Fassade. In Wirklichkeit profitieren nur wenige von der angeblichen Welt ohne Grenzen. Für die meisten Menschen einschließlich vieler Migranten führt sie zu mehr und mehr Gewalt und Kriminalität, zur Verelendung und zur Entstehung neuer Grenzen, ohne dass sich dadurch anderswo in der Welt etwas verbessert... Vielleicht das Schlimmste aber ist, dass wir immer mehr unter Druck gesetzt werden.«

»Das könnte dir leider auch blühen, obwohl ich weiß, dass du dich nicht kleinkriegen lassen würdest...«, antwortete Ulrike.

»Ja, sicher...«, sagte Steffi und fuhr fort: »Du weißt, was mir bevorstehen könnte... ein Strafverfahren, die Teilnahme an einem ›Therapieseminar‹ oder gar eine Haftstrafe.«

»Ich weiß... Heute habe ich übrigens auf der Fahrt nach Hause im Radio gehört, dass die Verwendung der Begriffe ›Mann‹ und ›Frau‹ bald verboten werden soll. Es ist offenbar nur noch nicht entschieden, durch welche Bezeichnungen sie ersetzt werden. In den Medien heißt es jetzt ständig, dass die Abschaffung der Geschlechter ähnlich wie die ›freiwillige‹ Unterwerfung unter religiöse Vorschriften angeblich die Krönung des Feminismus sei.«

»Ja, das hören wir jetzt dauernd auf allen Kanälen... Ich jedenfalls bin und bleibe eine Frau und fühle mich auch ganz wohl damit«, sagte Steffi.

»Ich auch«, antwortete Ulrike und umarmte Steffi.

Wenig später war es Zeit für Steffi, zur Musikhochschule zu fahren. Sie verabschiedete sich von Ulrike, die versprach, am Abend auf sie zu warten.

Auf der Fahrt in die Innenstadt fiel Steffi einmal mehr auf, wie sehr sich Frankfurt in den letzten Jahren verändert hatte. Vor allem die Hochhäuser waren in dieser Zeit immer weiter in den Himmel gewachsen, und ihre oberen Stockwerke waren bei trübem Wetter so oft von Wolken verhüllt, dass manche scherzhaft sagten, dass die Menschen in den obersten Etagen kaum noch wüssten, wie es am Boden aussehe. Als sie sich im Wagen umblickte, bemerkte sie, dass ein Mann in ihrer Nähe auf seinem Computer die Zeitung las. Sie konnte nur die Überschrift auf der ersten Seite erkennen: »Die weltweiten Aktienindizes sprengen alle Grenzen«. Schon am Tag zuvor hatte sie gelesen, dass die Aktienkurse ein Allzeithoch erreicht und sich innerhalb von 15 Jahren verzehnfacht hatten. Als besondere Sensation galt dabei, dass spekulativ orientierte Anleger mit virtuellen Börsengängen von Rohstoffunternehmen in den letzten Monaten ein Vermögen verdient hatten.

In der Musikhochschule traf sie auf dem Weg zum Unterricht eine Sekretärin, die sie bat, am Ende des Tages ins Rektorat zu kommen.

Wenige Stunden später empfing sie der Rektor in seinem Büro, bot ihr einen Kaffee an und sagte anschließend:

»Frau Weber, ich möchte es kurz machen. Es tut mir wirklich sehr leid. Sie waren eine hervorragende Dozentin, aber wir müssen den Vertrag mit Ihnen leider fristlos kündigen. Nach Prüfung des Sachverhalts können wir nicht mit letzter Sicherheit ausschließen, dass Ihr Verhalten nicht einwandfrei war. Hinzu kommt, dass Kollegen in der Vergangenheit bei Ihnen manchmal eine falsche Einstellung bemerkt haben. Sie werden vielleicht Verständnis dafür aufbringen, dass wir in einer solchen Angelegenheit kein Risiko eingehen können und wollen, zumal unsere Finanzierung ohnehin prekär ist und wir ständig um die staatliche Unterstützung bangen müssen, weil die Art von Musik, die wir vermitteln, als nicht mehr zeitgemäß gilt und mittlerweile stark umstritten ist.«

»Ich kann zwar verstehen, in was für einem Dilemma Sie stecken, aber ich finde die Entscheidung trotzdem zutiefst ungerecht, weil ich nie eine Frau wegen ihrer sexuellen Orientierung benachteiligen würde. Wahrscheinlich kennen Sie mich gut genug, um das zu wissen«, antwortete Steffi.

»Sicher… Aber es ging nicht anders.«

Zum Abschied sagte der Rektor noch:

»Es tut mir aufrichtig leid. Wir wünschen Ihnen alles Gute.«

»Danke«, erwiderte Steffi, bevor sie das Büro verließ.

Zu Hause wartete Ulrike voll banger Erwartung auf sie. Als sie erfuhr, dass die Musikhochschule Steffis Vertrag gekündigt hatte, war sie tief entsetzt.

»Wir sind mittlerweile zwar so einiges gewohnt, aber damit hätte ich dann doch nicht gerechnet.«

»Immerhin haben wir meine Einnahmen aus den Konzerten… wenn es dabei bleibt.«

»Na ja, du wirst sicher nicht schlechter spielen…«

»Nein, aber du weißt, wie das ist… Ein paar schlechte Kritiken genügen manchmal, vor allem wenn man aus irgendeinem Grund in Ungnade gefallen ist.«

»Ich weiß«, sagte Ulrike und umarmte Steffi, um sie zu trösten. »Du wirst ja sehen, wie es morgen läuft. Wie ich dich kenne, kann es nicht so schlimm werden.«

»Hoffentlich…«

Ulrike hatte eigentlich an diesem Abend mit Kollegen zum Essen gehen wollen, doch sie entschied sich, zu Hause bei Steffi zu bleiben, um ihr für das Konzert am nächsten Tag und für die Zukunft Mut zuzusprechen.

Am darauffolgenden Abend fuhren Steffi und Ulrike voller Spannung in die Innenstadt. Der Konzertsaal lag nicht weit von der Musikhochschule entfernt in einer Seitenstraße. Er war verhältnismäßig klein, aber es waren alle Plätze besetzt, und unter den Zuhörern waren nicht zuletzt auch viele jüngere

Leute. Außerdem hatte der Veranstalter Steffi kurz zuvor gesagt, dass noch wesentlich mehr Karten hätten verkauft werden können, wenn mehr Plätze zur Verfügung gestanden hätten. Er hatte jedoch mit Bedauern hinzugefügt, dass es zunehmend unmöglich sei, für klassische Konzerte größere Säle zu finden.

Während Steffi sich in einem Raum hinter der Bühne einspielte, beobachtete Ulrike im Publikum zwei ältere Herren mit Presseausweisen, die in ein längeres Gespräch vertieft waren und wirkten, als ob sie wichtige Gedanken austauschten.

Als Steffi zu spielen anfing, wirkte sie wie befreit, und vor allem im zweiten Teil des Konzerts spielte sie wie besessen, als ob sie sich von einer drückenden Last befreit habe. Am Ende applaudierte ihr das Publikum minutenlang, und sie musste zwei Zugaben spielen, bevor sie und Ulrike sich auf den Heimweg machen konnten.

»Das war großartig«, sagte Ulrike.

»Für mich war es natürlich ein riesiger Erfolg. Ich habe während des Konzerts alles andere vergessen und war glücklich…«

»Das ist die Hauptsache. Alles andere wird sich finden.«

Am nächsten Tag schlug Steffi voller zwiespältiger Erwartung die Zeitung auf und fand ihre dunkle Vorahnung bald bestätigt.

»Es ist so, wie ich es im tiefsten Inneren befürchtet hatte«, sagte Steffi zu Ulrike. »Der Verfasser dieses Artikels schreibt, dass ich zwar technisch perfekt, aber langweilig und uninspiriert gespielt hätte. Nach Ansicht dieses Journalisten hätte ich mich außerdem in den letzten Jahren pianistisch nicht weiterentwickelt. Deshalb sei das Ende meiner Karriere wahrscheinlich nur noch eine Frage der Zeit. Wörtlich steht hier: ›Diese Pianistin hat, wie manche andere auch, offenbar die Zeichen der neuen Zeit und ihrer Kulturrevolution nicht begriffen. Ihr fehlt der Sinn für das Raue, Wilde und Fremde.

Stattdessen beharrt sie in ihrem Spiel wie in ihrer Programmgestaltung auf einer längst überholten pseudoelitären, europazentrierten Mentalität, die in unserer Gesellschaft keinen Platz mehr hat.‹«

»O nein, das darf nicht wahr sein! Du hast so gut gespielt…«

»Angesichts der Lage hatte ich schon damit gerechnet. Vor allem in einer Zeit wie der jetzigen kommt es keineswegs nur darauf an, wie gut man spielt.«

»Das ist nur ein Zeitungsartikel. Vielleicht bleibt er ohne weitere Folgen.«

»Ehrlich gesagt, das glaube ich nicht. Ich bin nicht sehr optimistisch… Aber mach' dir keine Sorgen. Finanziell sind wir ziemlich gut abgesichert, weil ich in den letzten Jahren mit meinen Konzerten und Aufnahmen gut verdient habe.«

»Wenigstens etwas…«, antwortete Ulrike, und beide umarmten sich.

Die nächsten Wochen zeigten, dass Steffis Befürchtungen nicht unbegründet waren. Schon wenige Tage nachdem die ablehnende Kritik erschienen war, erhielt Steffi die ersten Absagen von Konzertterminen, denen rasch weitere folgten, ebenso wie Zeitungsartikel, die sie nicht nur als Pianistin in ein schlechtes Licht rückten, sondern ihr auch eine ›negative politische Einstellung‹ vorwarfen.

Ulrike versuchte in dieser schwierigen Zeit Steffi zu trösten, und auch Steffi sprach Ulrike immer wieder Mut zu, wenn sie sich Sorgen um ihre Zukunft machte.

»Im Notfall müssen wir von hier weg«, sagte Steffi eines Tages zu Ulrike.

»Das heißt, dass wir nach Amerika gehen würden… Leicht ist das nicht, weil Einwanderer mindestens zwei Bürgen brauchen, auch wenn ihr Lebensunterhalt gesichert ist.«

»Sylvia und Sarah würden uns sicher helfen.«

»Das stimmt, aber ich hoffe, dass es nicht notwendig sein wird.«

»Das hoffe ich auch«, antwortete Steffi. »Aber Hoffnung und Erwartung sind zwei verschiedene Dinge…«

Wenige Tage später war Steffi, wie an fast jedem Abend, auf dem Rückweg von der Innenstadt nach Hause. Als sie den Bahnhof verlassen hatte, fiel ihr eine Gruppe junger Leute auf, die sie mit ihren Blicken musterten und irgendetwas im Schilde zu führen schienen. Sie beschleunigte ihre Schritte, um ihnen auszuweichen, und nach wenigen Augenblicken waren sie aus ihrem Gesichtskreis verschwunden. Insgeheim war Steffi froh, dass sie während ihres Studiums mehrere Jahre Kampfsport betrieben hatte und sich dadurch sicherer fühlte. Dennoch erschrak sie zutiefst, als die Gruppe plötzlich aus einer Seitenstraße auftauchte, als sie bereits einen großen Teil des Weges nach Hause zurückgelegt hatte. Steffi bemerkte, dass es vier Männer und zwei Frauen waren, die alle schwarze Hosen und schwarze Lederjacken trugen. Als sie ihr gegenüberstanden, rief ein junger Mann: »Sexistische Nazischlampe!« Steffi fragte: »Was wollt ihr von mir?«, worauf der junge Mann entgegnete: »Mit Sexisten redet man nicht!«, und versuchte, ihr einen Stoß zu versetzen. Steffi wich aus, machte aus einer Reflexreaktion heraus eine heftige Bewegung mit dem rechten Arm und traf ein Auge des Angreifers, der daraufhin kurz aufschrie, einen Fluch murmelte und eine Hand schützend vor das getroffene Auge hielt. Während die anderen Gruppenmitglieder wild durcheinander schrien und sich drohend auf Steffi zubewegten, hörte sie, wie ein Fenster geöffnet wurde. »Was ist denn da los?«, rief eine ältere Frau. Gleichzeitig näherten sich zwei junge Männer auf der anderen Straßenseite im Laufschritt, woraufhin die Gruppe die Flucht ergriff. Als die jungen Männer Steffi erreicht hatten, fragten sie, ob mit ihr alles in Ordnung sei.

»Ja, es geht schon… Vielen Dank für Ihre Hilfe.«

»Wir haben den Streit zufällig beobachtet… Haben Sie das erste Mal Schwierigkeiten mit diesen Leuten?«

»Ja. Vorher ist mir so etwas noch nie passiert.«

»Alles Gute… und passen Sie auf sich auf!«, sagte einer der jungen Männer, bevor sie sich verabschiedeten.

Als Steffi zu Hause ankam, spürte Ulrike sofort, dass etwas vorgefallen war, und fragte, was geschehen sei. Steffi erzählte ihr von der Konfrontation, und Ulrike antwortete:

»Das war also der Lärm, den ich gerade gehört habe… Sie versuchen dich einzuschüchtern.«

»Ja, leider. Und es ist auch möglich, dass sie mich als Angreiferin hinstellen werden und damit Erfolg haben. Das könnte ein Strafverfahren bedeuten.«

»Ja, ich weiß«, antwortete Ulrike.

In der Tat klingelten am nächsten Tag zwei Polizisten und fragten, ob sie hereinkommen könnten. Nachdem Steffi sie ins Wohnzimmer gebeten hatte, sagte einer der beiden:

»Es kam gestern unweit von hier zu einer Auseinandersetzung, bei der Sie eine Person geschlagen haben.«

Steffi erzählte den Polizisten, was sich ereignet hatte, und fügte hinzu: »Ich hatte keine andere Wahl. Es war Notwehr.«

»Die jungen Leute haben es anders geschildert und Sie angezeigt. Wir werden Ihre Aussagen zu Protokoll nehmen und sie dann an die Staatsanwaltschaft weiterleiten. Zur Erstellung des Protokolls müssen Sie mit auf die Dienststelle kommen.«

Nachdem Steffi den Polizisten aufs Revier gefolgt war und einer von ihnen ihre Aussage protokolliert hatte, sagte er:

»Ich sehe gerade, dass noch eine Anzeige gegen Sie vorliegt… wegen Benachteiligung auf Grund der sexuellen Orientierung.«

Steffi beschrieb kurz, was geschehen war, und sagte:

»Es war eine rein sachlich gerechtfertigte Entscheidung.«

»Nun, das werden die Staatsanwaltschaft beziehungsweise das Gericht entscheiden müssen.«

Nachdem sie das Polizeirevier verlassen hatte, lief Steffi noch eine Weile durch die Straßen und kehrte erst bei Einbruch der Dunkelheit nach Hause zurück, wo Ulrike bereits voller Spannung auf sie wartete.

Nachdem Steffi ihr von der zweiten Anzeige berichtet hatte, sagte sie:

»Vielleicht müssen wir doch gehen.«

»Das kann gut sein«, erwiderte Steffi. »Wenn ich verurteilt werde, haben wir wahrscheinlich keine andere Wahl, als Europa zu verlassen, solange wir noch die Möglichkeit dazu haben.«

»Das stimmt«, sagte Ulrike und fügte hinzu: »Ich glaube, wir sollten jetzt Sylvia und Sarah fragen, ob sie bereit wären, für uns zu bürgen. Sie wissen ja ohnehin, was los ist, weil wir sie immer auf dem Laufenden gehalten haben.«

»Ja, das ist eine gute Idee.«

»Dann schreibe ich heute Abend noch eine Mail an die beiden…«, antwortete Ulrike und umarmte Steffi, um sie zu trösten.

In der folgenden Zeit bemerkten Steffi und Ulrike, dass sich das Verhalten ihrer Nachbarn veränderte. Viele mieden jeden Kontakt und ignorierten sie demonstrativ. Manche andere dagegen grüßten sie freundlich, selbst wenn sie bisher nicht zu ihren Bekannten gehört hatten. Unter ihnen waren auch die jungen Männer und die ältere Frau, die Steffi zu Hilfe gekommen waren. Steffi bedankte sich nochmals bei ihnen und erfuhr bei dieser Gelegenheit, dass die beiden jungen Männer nach dem Vorfall von der Polizei wegen ihrer Einmischung verwarnt worden waren.

Etwa zwei Monate nachdem Steffi von den Anzeigen erfahren hatte, erhielt sie die Anklageschrift der Staatsanwaltschaft und die Nachricht, dass die Hauptverhandlung in drei Wochen stattfinden solle. In der Anklageschrift wurde ihr schwere Körperverletzung vorgeworfen, weil das Auge des Angreifers zwei Wochen lang geschwollen und eine dauerhafte Beeinträchtigung des Sehvermögens nicht ausgeschlossen gewesen sei. Zudem wurde ihr zum Vorwurf gemacht, eine Person wegen ihrer sexuellen Orientierung benachteiligt zu haben. Noch am selben Tag suchten Steffi und Ulrike einen Anwalt auf, der ihnen allerdings in einem ersten Gespräch für den anstehenden Prozess wenig Hoffnung machte.

»Wahrscheinlich wird der Richter feststellen, dass es sich nicht um Notwehr handelte oder dass Sie zumindest die Grenzen des Notwehrrechts weit überschritten haben.«

»Aber es war wirklich Notwehr… Hätte ich mich etwa ohne Gegenwehr verprügeln lassen sollen?«

»Nein, ich glaube Ihnen natürlich und sehe es genauso. Aber die Rechtslage und die Rechtsprechung haben sich leider in den vergangenen Jahren verändert. Die Angreifer waren, wie Sie aus der Anklageschrift wissen, Mitglieder der sogenannten Bruderschaft der Gerechtigkeit. Das Gericht wird ihnen wahrscheinlich glauben, dass sie Sie nur zur Rede stellen und ermahnen wollten.«

»Aber sie haben doch klar gesagt, dass sie nicht mit mir reden wollten…«

»Das Gericht wird es aber vermutlich so auslegen, dass sie nicht beabsichtigten, mit Ihnen zu diskutieren, sondern von Ihnen eine Rechtfertigung erwarteten und Sie warnen wollten. In Fällen von Fehlverhalten, von dem bei Ihnen ausgegangen werden wird, ist eben der ›demokratische Diskurs‹ im Sinn der repressiven Toleranz nicht gleichberechtigt, auch wenn er in der Theorie als herrschaftsfrei gilt. Hinzu kommt leider, dass die Bruderschaft der Gerechtigkeit inzwischen einen religiösen Status genießt.«

»Aber sie sind doch eigentlich Atheisten…«

»Ja, aber ihnen wird mittlerweile derselbe Schutz zuteil wie religiösen Vereinigungen, weil ihre Lehre als Zivilreligion gilt. Dadurch ändert sich nochmals einiges zu Ihrem Nachteil, weil religiösen Gruppen ›moderate Gewalt‹ erlaubt ist. Bei ihnen wird immer davon ausgegangen, dass sie berechtigterweise Angriffe auf ihren Glauben oder ihre Zivilreligion abwehren wollten.«

»Ja, ich habe von solchen Fällen gehört, aber das ist doch absurd…«

»Das stimmt, aber wir werden daran leider nichts ändern können. Zudem wird das Gericht, wie schon die Staatsanwaltschaft, wahrscheinlich davon ausgehen, dass der Vorwurf der Benachteiligung aufgrund der sexuellen Orientierung berechtigt ist.«

»Aber auch das ist unsinnig. Ich lebe schon seit Jahrzehnten mit Ulrike zusammen und würde nie eine Frau wegen ihrer sexuellen Orientierung schlechter behandeln…«

»Ja…, aber auch hier hat sich die Rechtsauffassung geändert. Bereits der geringste Verdacht einer Benachteiligung von Minderheiten genügt für eine Verurteilung. Um sie abzuwenden, müssten wir lückenlos nachweisen, dass Sie unschuldig sind, was in nahezu allen Fällen unmöglich ist, weil die Hürden dafür sehr hoch sind. Es gilt hier eben im Sinn einer positiven Diskriminierung eine Umkehr der Beweislast mit sehr hohen Anforderungen.«

»Aber das bedeutet doch, dass es in Zukunft kein Prüfer mehr wagen wird, eine mäßige oder gar schlechte Note zu geben, weil es sich ja bei den Kandidaten immer um Angehörige irgendeiner Minderheit handeln könnte. Im konkreten Fall haben wir der Kandidatin eine Drei gegeben und ihr auch ausdrücklich gesagt, dass es uns leid tat, dass wir ihr keine bessere Note geben konnten. Es war mit Sicherheit keine böse Absicht im Spiel…«

»Ich kann Sie vollkommen verstehen, und Sie haben natürlich auch recht. Aber solche Auswirkungen auf das Verhalten von Prüfern werden offiziell entweder geleugnet oder als erwünschte, positive Diskriminierung bezeichnet. Es gelten eben heute andere Kriterien, und die Auswahl von Kandidaten für bestimmte Tätigkeiten vollzieht sich auf andere Weise.«

»Und was heißt das alles jetzt konkret für mich?«

»Ich kann natürlich nicht mit Sicherheit voraussagen, wie die Hauptverhandlung verlaufen wird. Aber Sie müssen davon ausgehen, dass am Ende die Verurteilung zu einer ein- bis zweijährigen Freiheitsstrafe steht. Diese Strafe kann zwar zur Bewährung ausgesetzt werden, doch ist die Bedingung dafür die Teilnahme an einem mehrwöchigen Therapieseminar unter, ehrlich gesagt, haftähnlichen Bedingungen.«

»Damit hatte ich schon gerechnet, und deshalb überlegen wir uns auch, nach Amerika auszuwandern. Wir haben gute Freunde dort, die für uns bürgen würden.«

»Das ganze Prozedere ist freilich sehr langwierig. Das bedeutet, dass die geplante Auswanderung Ihnen das Therapieseminar leider nicht wird ersparen können. Außerdem ist sie im Hinblick auf das Strafverfahren und die Therapie ein zweischneidiges Schwert. Zwar würden das Gericht, die Strafverfolgungsbehörden und die Therapeuten davon ausgehen, dass Sie Europa für immer verlassen und damit keine Gefahr für die soziale Ordnung hierzulande mehr darstellen. Andererseits verfolgt der Ausschuss für weltweite Wohlfahrt und Gerechtigkeit, wie der Name schon sagt, globale Ziele und sieht es nicht gerne, wenn Sie das Land verlassen, ohne ›falsche Ansichten‹ korrigiert zu haben. Wie sich die Absicht, Europa zu verlassen, in Ihrem Fall auswirken würde, ist schwer zu sagen, weil es immer darauf ankommt, mit wem man es genau zu tun bekommt und wie die Therapie verläuft. Außerdem wissen Sie natürlich, dass Sie Europa danach nie wieder betreten dürfen, ohne Gefahr zu laufen, sofort verhaftet zu werden. Darüber hinaus bedeutet die Ausreise unter diesen Bedingungen, dass Sie praktisch staatenlos werden, weil Sie nicht nach Europa zurückkehren und auch Ihren Pass nicht verlängern lassen können, sofern seine Gültigkeit nicht ohnehin widerrufen wird.«

»Ja, das wissen wir«, antwortete Steffi.

»Offen gesagt: Wenn ich an Ihrer Stelle wäre, würde ich keinen Augenblick zögern zu gehen, denn Sie wissen sicher auch, dass geplant ist, ›devianten Personen‹ in Zukunft die Ausreise zu verweigern.«

»Ja… Ich glaube, wir werden in der Tat nicht mehr warten, obwohl wir ursprünglich lieber hierbleiben wollten«, erwiderte Steffi und sah Ulrike an, die mit einem Nicken antwortete.

»Es tut mir leid, dass ich Ihnen keine positivere Einschätzung der Lage geben kann«, sagte der Anwalt.

»Das ist natürlich nicht Ihre Schuld. Sie haben uns sehr geholfen«, entgegnete Steffi.

»Ich werde in jeder Hinsicht tun, was ich kann, auch wenn Sie im Zusammenhang mit der Beantragung eines Visums Hilfe brauchen sollten. Auf jeden Fall werden wir uns in nächster Zeit öfter sehen, um die Hauptverhandlung vorzubereiten.«

»Ja, das wird wohl unvermeidlich sein… Auf jeden Fall vielen Dank für Ihre Unterstützung und bis bald…«, sagte Steffi zum Schluss.

»Bis bald und alles Gute«, antwortete der Anwalt, bevor Steffi und Ulrike die Kanzlei verließen.

Als sie wieder zu Hause waren, sagte Ulrike zu Steffi:

»Wir müssen jetzt sofort alles vorbereiten, um so schnell wie möglich ein Visum zu beantragen. Sylvia und Sarah wissen ja schon Bescheid und haben versprochen, für uns zu bürgen.«

»Ja, glücklicherweise... Ich habe zwar vieles im Wesentlichen so erwartet. Trotzdem wollte ich am Anfang manches von dem, was der Anwalt sagte, beinahe nicht glauben. Ich frage mich inzwischen, wie ich trotz allem so naiv sein und meinen konnte, dass wir mehr oder weniger noch immer in demselben Land leben wie in der Vergangenheit. Zwar habe ich alle Entwicklungen verfolgt, aber ich wollte vieles einfach nicht wahrhaben.«

»Ich glaube, da bist du nicht allein«, erwiderte Ulrike.

Eine Woche später besuchten Steffi und Ulrike nochmals den Anwalt, um über die bevorstehende Gerichtsverhandlung zu sprechen.

»Ich habe mir inzwischen alle Akten genau angeschaut. Es wird für uns sehr schwer, ja beinahe unmöglich sein, Ihre Unschuld zu beweisen, was wir ja tun müssten, weil die Beweislast bei uns liegt«, sagte der Anwalt zu Beginn des Gesprächs. »Ich muss Sie deshalb darauf hinweisen, dass es für Sie vorteilhaft wäre, wenn Sie sich für Ihre ›Taten‹ entschuldigen und Reue zeigen würden. Es könnte Ihnen insbesondere helfen, wenn Sie die Mitglieder der Bruderschaft der Gerechtigkeit schriftlich um Entschuldigung bitten würden.«

»Was?«, fragte Steffi ungläubig.

»Nun, die Körperverletzung ist der Hauptanklagepunkt, und die ›Geschädigten‹ sind leider in einer sehr starken Position. Außerdem werden sie als Nebenkläger auftreten, und ein vom Staat beauftragter und bezahlter Anwalt wird sie dabei unterstützen.«

»Das kommt für mich nicht in Frage. Es tut mir leid... ich werde mich niemals so verbiegen...«

»Ich verstehe das und respektiere Ihre Entscheidung. Ich stehe auch persönlich auf Ihrer Seite, auch wenn ich damit ein gewisses Risiko eingehe. Nach meinem Verständnis bin ich

Ihr Vertreter als Angeklagte und werde nicht darauf bestehen, dass Sie sich so verhalten, wie Staatsanwaltschaften und Gerichte es heute erwarten, obwohl Strafverteidiger mittlerweile in Seminaren instruiert werden, Angeklagte zur Reue und zur Korrektur ihres Verhaltens zu bewegen.«

Steffi sah den Anwalt an und sagte:

»Vielen Dank für Ihre Unterstützung. Ich weiß, dass das nicht selbstverständlich ist.«

»Ich habe noch ein anderes Berufsverständnis… Übrigens, haben Sie inzwischen ein Visum beantragt?«

»Ja, gestern haben wir den Antrag gestellt. Unsere Freundinnen haben schon die nötige Bürgschaftserklärung abgegeben. Es wird freilich zwei bis drei Monate dauern, bis wir das Einwanderungsvisum bekommen.«

»Das ist angesichts der bürokratischen Hürden eine kurze Zeitspanne.«

»Das stimmt…«

»Das würde bedeuten, dass Sie nach dem Ende des Therapieseminars Europa verlassen.«

»Ja, wenn alles gutgeht.«

»Das ist natürlich der springende Punkt. Wenn Sie jede Reue ablehnen, kann es sein, dass Sie Ihre Haftstrafe antreten müssen und danach vielleicht keine Möglichkeit zur Auswanderung mehr haben.«

»Ja, ich bin mir dieser Gefahr bewusst. Aber ich kann einfach nicht anders…«

»Ich bewundere Ihren Mut und Ihre Konsequenz. Wahrscheinlich wird es zunächst bei der Teilnahme an einem Therapieseminar bleiben. Dann kommt es darauf an, inwieweit Sie sich ›bewähren‹ und die Therapie annehmen… Sie sollten zumindest eine offene Konfrontation mit den Therapeutinnen vermeiden.«

Steffi nickte kurz, bevor sie sich bald darauf von dem Anwalt verabschiedeten.

In den letzten beiden Wochen vor dem Prozess wurden in sozialen Netzwerken immer mehr negative Einträge über Steffi veröffentlicht. Insbesondere wurde ihr wiederholt vorgeworfen, Mitglied in mehreren rechtsextremen Gruppen zu sein, deren Namen sie noch nie gehört hatte.

Drei Tage vor der Verhandlung bemerkte Ulrike eines Morgens zwei große Kreuze, die mit roter Farbe auf die Hauswand gesprüht worden waren und die von der Straße aus von weitem deutlich sichtbar waren. Als sie den Briefkasten öffnete, fand sie eine anonyme Nachricht: »Verschwindet endlich von hier, wenn euch euer Leben lieb ist!« Auf dem Weg zurück ins Haus fiel ihr schließlich auf, dass zwei Reifen ihres Autos zerstochen und mehrere Hakenkreuze in den Lack eingeritzt worden waren.

»Sie versuchen uns zu zermürben und wollen dich so auf den Prozess ›vorbereiten‹«, sagte Ulrike zu Steffi.

»Es würde mich nicht wundern, wenn ihre Strategie darauf hinausliefe, uns durch ständigen Druck voneinander zu trennen.«

»Das kann gut sein, aber du weißt, dass ich dich nie allein lassen würde.«

»Ja, ich weiß…«, antwortete Steffi und umarmte Ulrike.

Als der Tag der Verhandlung gekommen war, fuhren Steffi und Ulrike morgens in die Innenstadt, wo der Prozess vor dem Landgericht stattfinden sollte.

Vor Beginn der Hauptverhandlung sprach Steffi kurz mit ihrem Anwalt, der ihr einige letzte Hinweise gab: »Versuchen Sie auf jeden Fall, ruhig zu bleiben und sich nicht provozieren zu lassen, auch nicht von aggressiven Zuhörern, die bei solchen Prozessen nicht selten sind.«

»Ich werde mein Bestes tun«, antwortete Steffi.

Als sie den Gerichtssaal betraten, sahen sie, dass der große

Raum nahezu voll mit Zuschauern besetzt war, von denen viele schwarze Kleidung und die Abzeichen der Bruderschaft der Gerechtigkeit trugen.

»Unsere Plätze sind da vorne«, sagte Steffis Anwalt, während Ulrike in den hinteren Reihen einen freien Stuhl suchte.

Ihr gegenüber hatte ein etwa 25-jähriger Mann mit seinem Rechtsanwalt Platz genommen. Der junge Mann, der an den Seiten kurz geschnittene, schwarze Haare hatte und eine alte Lederjacke trug, sah sie kurz durchdringend an. Sie wusste, dass es sich um den ›Geschädigten‹ handeln musste, obwohl sie sich nur sehr undeutlich an sein Gesicht erinnerte, das sie im Dunkel der Nacht kaum hatte erkennen können.

Schließlich betraten die drei Richter den Raum, und die Verhandlung begann. Nach der Feststellung der Personalien und der Verlesung der Anklageschrift bat der Vorsitzende Richter zunächst den jungen Mann, den Ablauf des Geschehens aus seiner Sicht zu schildern.

»Wir hatten von dem Fall gehört und wollten die Angeklagte auf ihr Fehlverhalten hinweisen. Als ich sie zur Rede stellte, hat sie ohne Vorwarnung zugeschlagen. Das Ergebnis war eine starke Schwellung meines Auges, so dass ich zwei Wochen lang eine Augenklappe tragen musste.«

Als der Richter Steffi fragte, was sie dazu zu sagen habe, schilderte sie, was sich ereignet hatte. Danach befragte das Gericht die anderen Gruppenmitglieder, die alle die Version des jungen Mannes bestätigten.

»Eigentlich gibt es keinen Beweis dafür, dass das, was die Zeugen aussagen, der Wahrheit entspricht. Man darf nicht vergessen, dass sie alle zur selben Gruppe gehörten«, wandte Steffis Anwalt ein.

Der Staatsanwalt wies ihn jedoch in scharfem Ton zurecht: »Herr Verteidiger, Sie wissen ganz genau, dass die Beweislast aus guten Gründen bei Ihrer Mandantin liegt und dass Sie einen Beweis ihrer Unschuld nach Lage der Dinge niemals erbringen können.«

Der Vorsitzende Richter stimmte ihm kurz zu und befragte anschließend den Arzt, der den jungen Mann wegen der Augenverletzung behandelt hatte.

»Es war ein typisches Hämatom, wie es bei einem Schlag aufs Auge häufig auftritt«, sagte der Arzt.

»Wie lange dauerte die Heilung?«, fragte der Richter.

»Die zwei Wochen, die der Geschädigte angegeben hat, sind plausibel.«

»Die Bilder, die den Akten als Beweismittel angefügt sind, zeigen allerdings nur eine leichte Schwellung und eine geringfügige bläuliche Verfärbung der Haut. Das alles deutet darauf hin, dass die Heilung wahrscheinlich nur einige Tage in Anspruch genommen hat und dass eine bleibende Minderung des Sehvermögens nicht zu befürchten war«, sagte Steffis Verteidiger.

Unter den Zuschauern erhob sich ein deutlich wahrnehmbares Raunen, und Steffi hörte, wie jemand ihren Anwalt als »Faschisten« bezeichnete.

»Es gibt keinen Grund, an den Angaben des Geschädigten und den Aussagen des Sachverständigen zu zweifeln«, antwortete der Richter und fuhr, zu Steffi gewandt, fort:

»Wir müssen uns jetzt mit den Motiven für Ihr Verhalten beschäftigen. Warum haben Sie den Geschädigten geschlagen, statt sich für Ihr Verhalten an der Musikhochschule zu rechtfertigen?«

»Weil ich körperlich angegriffen wurde und weil es in meinen Augen keinen Grund für eine Rechtfertigung gab«, erwiderte Steffi. Wieder erhob sich lautes Gemurmel, und auch einige Pfiffe waren zu hören.

Schließlich sagte der Anwalt der Nebenklage:

»Vielleicht hat doch eher die Tatsache eine Rolle gespielt,

dass mein Mandant ein wenig fremdartig aussah, weil seine Eltern aus Afghanistan stammen.«

»Nein«, sagte Steffi. »Ich konnte sein Gesicht in der Dunkelheit gar nicht erkennen. Ich habe nur reflexartig versucht, den Angriff abzuwehren, ohne dabei auf ein angeblich fremdartiges Aussehen des Angreifers zu achten.«

»Lügnerin!«, rief jemand im Gerichtssaal.

»Das scheint mir doch eher eine Schutzbehauptung zu sein«, entgegnete der Anwalt der Nebenklage.

»Was meine Mandantin sagt, ist glaubhaft, weil es zur Zeit des Vorfalls dunkel war«, sagte Steffis Verteidiger.

»Herr Verteidiger, auch hier läge die Beweislast bei Ihrer Mandantin«, erwiderte der Vorsitzende und sah Steffis Anwalt scharf an. Danach fuhr er fort: »Nachdem die Beweisaufnahme im ersten Anklagepunkt, der Körperverletzung, abgeschlossen ist, geht es jetzt um die Frage, inwieweit die Angeklagte eine Prüfungskandidatin wegen ihrer sexuellen Orientierung benachteiligt hat. Wir werden deshalb zuerst die damalige Kandidatin als Zeugin hören.«

Daraufhin betrat eine etwa 25-jährige, eher große Frau den Saal und nahm vor den Richtern Platz.

»Frau Altmann, warum hatten Sie den Eindruck, dass Frau Weber Sie wegen Ihrer sexuellen Orientierung benachteiligt hat?«, fragte der Richter.

»Sie hat mir eine Drei gegeben und nur wenige Gründe dafür angeführt, warum die Note nicht besser ausgefallen ist. Meines Erachtens habe ich eine Eins oder im schlechtesten Fall eine Zwei verdient.«

Einige Zuschauer klatschten, bis der Richter kurz um Ruhe bat und die junge Frau fortfuhr:

»Da Frau Weber offenbar keine wirklichen Gründe für ihre Entscheidung hatte, bleibt nur Diskriminierung wegen meiner sexuellen Orientierung als mögliches Motiv.«

»Was sagen Sie dazu?«, fragte der Richter Steffi.

»Ich habe sehr wohl Gründe für unsere Entscheidung angegeben und auch gesagt, dass es mir leid tat, dass wir ihr keine bessere Note geben konnten. Mit einer längeren Begründung habe ich mich auch deshalb zurückgehalten, weil ich die Gefühle der Kandidatin möglichst nicht verletzen wollte…«

»Oh…«, riefen manche Zuhörer ironisch, und eine junge Frau schrie: »Heuchlerin!«

»Dass Sie keine ausführliche Begründung gegeben haben, spricht für die Angaben der Zeugin, die Sie widerlegen müssten, um klar zu zeigen, dass Sie keine sexistischen Motive hatten«, sagte der Richter.

»Meine Entscheidung war rein sachlich begründet…«, antwortete Steffi und zögerte einen Augenblick, bevor sie fortfuhr: »Ehrlich gesagt, die Prüfungsleistung war leider so, dass die Kandidatin als Pianistin nicht lange überlebt hätte. Die Kritiker hätten sie in der Luft zerrissen, weil sie etwa in manchen Stücken mehrere Passagen einfach weggelassen oder vergessen hat. Außerdem war ihre linke Hand oft sehr laut und ihr Anschlag auch bei lyrischen Stücken ungeheuer hart… Wir hätten ihr letztlich keinen Gefallen getan, wenn wir sie ermutigt hätten, diesen Weg zu gehen, weil die Anforderungen gerade an Pianisten heute unbeschreiblich hoch sind.«

»Du überlebst auch nicht mehr lange!«, rief ein junger Mann aus dem Publikum.

»Bitte etwas mehr Zurückhaltung«, mahnte der Richter und fuhr fort:

»Das hätten Sie damals der Kandidatin in allen Einzelheiten erklären und beweisen müssen. Heute erscheint das als Schutzbehauptung.«

»Man darf dabei nicht vergessen, dass Tonaufnahmen während einer Prüfung nicht erlaubt sind«, wandte Steffis Verteidiger ein.

»Das ist in diesem Zusammenhang nicht von Bedeutung«, entgegnete der Staatsanwalt.

»Möglicherweise spielt auch hier die Neigung der Angeklagten zu rassistischer Diskriminierung eine Rolle, weil die Kandidatin zwei nichtdeutsche Großelternteile hatte«, sagte der Anwalt der Nebenklage, der auch die junge Frau vertrat.

»Davon wusste ich nichts«, erwiderte Steffi.

»Auch das müssten Sie beweisen. Man könnte es der Zeugin durchaus ansehen…«

»Das ist in der Tat ein Gesichtspunkt, der eine Rolle spielen könnte. Was sagen Sie dazu?«, fragte der Vorsitzende.

»Was soll ich dazu sagen? Ich konnte es weder wissen noch sehen, und selbst wenn ich es gewusst hätte, wäre meine Entscheidung dadurch in keiner Weise beeinflusst worden.«

»Auch für diese Aussagen müssten Sie einen Beweis liefern«, entgegnete der Richter.

Als nächster Zeuge wurde der zweite Prüfer in den Gerichtssaal gerufen, mit dem zusammen Steffi die Prüfung abgenommen hatte.

»Herr Münchhagen, welchen Anteil hatten Sie an der Beurteilung der Prüfungsleistung?«, fragte der Richter.

Der Zeuge wand sich in seinem Stuhl und tat alles, um Steffis Blicken auszuweichen.

»Eine insgesamt eher geringe…«, sagte er schließlich mit leiser Stimme.

»Das heißt, dass Frau Weber die Entscheidung getroffen hat«, entgegnete der Staatsanwalt.

»Wir haben… ja, sie war die Prüfungsvorsitzende.«

»Und Sie haben ihrer Entscheidung zugestimmt oder mussten es tun«, sagte der Anwalt der Nebenklage.

»Ja, so ähnlich kann man es sagen.«

Manche Zuhörer lachten und flüsterten, und der Richter bat wieder kurz um Ruhe.

»Mehr wollten wir gar nicht wissen«, antwortete der Staatsanwalt.

»War es nicht doch so, dass Sie die Entscheidung gleichberechtigt und gemeinsam getroffen haben?«, fragte Steffis Verteidiger.

»Sie haben doch gehört, was der Zeuge gesagt hat, und es gibt nicht den geringsten Grund, seine Aussagen in Zweifel zu ziehen«, erwiderte der Anwalt der Nebenklage.

Der Richter nickte nur kurz und erklärte bald darauf die Beweisaufnahme für beendet.

In seinem Plädoyer betonte der Staatsanwalt, dass Steffi sich gegenüber den Mitgliedern der Bruderschaft der Gerechtigkeit rechtswidrig verhalten und sich der Körperverletzung schuldig gemacht habe, wobei ihr Verhalten nach den Ergebnissen der Hauptverhandlung mit hinreichender Wahrscheinlichkeit auch rassistische Motive gehabt habe. Darüber hinaus habe sie eine Prüfungskandidatin wegen ihrer sexuellen Orientierung und aufgrund ihrer Herkunft benachteiligt. Auf der Grundlage dieser Ausführungen beantragte der Staatsanwalt eine Freiheitsstrafe von zwei Jahren. Ob sie zur Bewährung auszusetzen sei, überließ er dem Ermessen des Gerichts.

Steffis Verteidiger legte dar, dass Steffi sich in einer Notwehrsituation befunden habe und dass Vorurteile aufgrund der Herkunft für sie niemals eine Rolle gespielt hätten. Dasselbe gelte auch für die Beurteilung der Prüfungsleistung, die rein sachlich begründet gewesen sei. Darüber hinaus kritisierte er das Prinzip der Beweislastumkehr, das es Angeklagten nahezu unmöglich mache, sich gegen Anschuldigungen zu verteidigen.

»Faschist!«, rief ein Zuhörer, und viele klatschten.

Am Ende seines Plädoyers beantragte Steffis Verteidiger, sie in allen Anklagepunkten freizusprechen.

Als sie um ihr letztes Wort gebeten wurde, sagte Steffi:

»Ich habe mich nur verteidigt, wie es jeder Mensch getan hätte.«

»Ach, nein!«, rief ein Zuhörer entrüstet.

»Auch sonst habe ich mir nichts vorzuwerfen. Ich würde heute wieder genauso handeln.«

Danach zog sich das Gericht kurz zur Beratung zurück, während viele Zuschauer tuschelten und Steffi drohend ansahen.

Nach etwa fünf Minuten erschienen die Richter wieder, und der Vorsitzende verkündete das Urteil. Steffi wurde in beiden Anklagepunkten schuldig gesprochen. Dann sagte der Richter: »Die Angeklagte wird zu einer Gesamtfreiheitsstrafe von zwei Jahren verurteilt.« Wieder johlten viele Zuschauer, bevor der Richter fortfuhr: »Die Strafe kann zur Bewährung ausgesetzt werden, wenn ein sechswöchiges sozialtherapeutisches Erziehungsseminar mit besonderer pädagogischer Betreuung erfolgreich absolviert wird.« In seiner Begründung betonte der Richter, dass sich bei Steffi insbesondere fehlende Reue strafverschärfend ausgewirkt habe. Zu Steffi gewandt, fügte er hinzu: »Ihnen fehlt noch jedes Bewusstsein für die Verwerflichkeit Ihrer Handlungen. Sie werden mit Hilfe der Therapeutinnen intensiv daran arbeiten müssen, diese Einstellung zu überwinden.« Dann schloss er die Sitzung.

Auf ihrem Weg nach draußen mussten Steffi und Ulrike eine Gruppe von Mitgliedern der Bruderschaft der Gerechtigkeit passieren, die im Treppenhaus standen. Dabei spürte Steffi plötzlich von hinten einen Stoß gegen die Schulter und musste sich vorsehen, um nicht hinzufallen.

»Entschuldigung!«, rief ein junger Mann mit spöttischem Unterton, und ein anderer fügte hinzu: »Viel Spaß beim Therapieseminar!«, während die anderen lachten.

Draußen bat sie Steffis Verteidiger, kurz in sein Büro zu kommen, da es noch einiges zu besprechen gebe.

Als Steffi und Ulrike bald darauf dem Anwalt gegenübersaßen, sagte er:

»Es tut mir leid, dass ich nicht mehr für Sie tun konnte. Es ist leider so gekommen, wie es zu befürchten war.«

»Sie haben getan, was möglich war«, antwortete Steffi. »Vielen Dank dafür... Ich weiß, dass es auch für Sie nicht leicht ist... Wie geht es jetzt weiter?«

»Als Rechtsmittel gegen das Urteil ist Revision zugelassen. Ich rate Ihnen aber davon ab, weil erstens die Erfolgsaussichten praktisch gleich null sind und weil Sie zweitens keine Zeit verlieren dürfen, um noch ausreisen zu können. Deshalb sollten Sie das Therapieseminar so schnell wie möglich hinter sich bringen, so dass Sie danach noch genügend Zeit haben, um alles Notwendige zu regeln. Ich nehme an, dass Sie noch Ihr Haus verkaufen müssen, da Sie ja später nicht wieder einreisen können.«

»Richtig«, entgegnete Steffi. »Wie lange dauert es in der Regel bis zum Beginn der Therapie?«

»Nun, die Strafe soll der Tat möglichst auf dem Fuß folgen. Deshalb werden Sie wahrscheinlich schon innerhalb der nächsten zwei bis drei Wochen eine Aufforderung zum Therapieantritt erhalten.«

Steffi schluckte und fragte:

»Was bedeutet die Formulierung ›Erziehungsseminar mit besonderer pädagogischer Betreuung‹?«

»Das heißt konkret, dass Sie mehr und härter werden arbeiten müssen und dass Sie, um es ganz offen zu sagen, stärkerem Psychoterror unterworfen werden. Dazu werden Sie unter anderem verstärkt zu Arbeiten eingeteilt, die in der Regel als erniedrigend oder abstoßend empfunden werden. Ich bedauere, dass ich Sie darauf vorbereiten muss...«

»Ich glaube, es ist besser, wenn ich vorher weiß, was mich erwartet«, erwiderte Steffi.

»Gut, dass Sie so tapfer sind. Es ist in der Tat besser, wenn man sich darauf einstellen kann. Wie bei einem früheren Gespräch erwähnt, sollten Sie eine offene Konfrontation mit den Therapeutinnen so weit wie möglich vermeiden. Es ist besser, wenn Sie stattdessen versuchen, Ihre Leidensgenossinnen zu unterstützen. Zwar weckt auch das oft das Misstrauen des Personals, aber wenn Sie es geschickt anstellen, können Sie anderen helfen und gleichzeitig den Eindruck erwecken, dass Sie bei der Arbeitstherapie vollen Einsatz zeigen. In der Gesprächstherapie sollten Sie sich auf möglichst kurze, sachliche Aussagen beschränken und sich weder unterwürfig noch offen konfrontativ verhalten. Das wird zwar als mangelnde Akzeptanz der Therapie ausgelegt, aber es erlaubt Ihnen, Ihre Würde und persönliche Integrität zu wahren, ohne jede Chance auf Bewährung zu verspielen. Es ist immer eine Gratwanderung… Wie gesagt, wenn Sie den Eindruck hinterlassen, dass Sie in der Arbeitstherapie mit Eifer bei der Sache sind, haben Sie die Aussicht, dass Sie trotzdem auf Bewährung entlassen werden. Nach wiederholten Wortgefechten mit dem Personal dagegen könnten Sie kaum mehr mit Bewährung rechnen.«

»Vielen Dank für Ihre Tipps. Sie helfen mir, mich auf das Unvermeidliche vorzubereiten.«

»Schön, dass Sie es so sehen. Manche Klientinnen und Klienten sind ganz verzweifelt oder machen mir Vorwürfe, obwohl meine Möglichkeiten äußerst begrenzt sind.«

»Ich glaube, dass Sie Ihren Mandanten mehr helfen als viele andere Anwälte.«

»Ich versuche es. Während der Therapie kann ich leider nichts für Sie tun, weil uns während des Seminars jeder Kontakt verboten ist. Nur Ihrer Partnerin kann ich in dieser Zeit Hilfe anbieten, falls sie sie brauchen sollte. Auch sie wird Sie freilich nur einmal besuchen dürfen, und das Gespräch zwischen Ihnen wird streng überwacht werden. Briefe und ähnliches sind ohnehin verboten.«

»Ja, ich weiß… Wir werden es schon irgendwie überstehen«, antwortete Steffi mit einem Ausdruck der Trauer.

»Du schaffst das schon«, antwortete Ulrike und drückte Steffis Hand. »Du hast schon ganz anderes überlebt.«

»Das stimmt«, entgegnete Steffi und erzählte ihrem Verteidiger kurz von ihrem Leben als Zeitschriftenwerberin.

»Das ist eine ganz unglaubliche Geschichte«, sagte der Anwalt. »Wenn Sie das überstanden haben, wird Sie wohl nichts kleinkriegen, egal was passiert.«

»Das glaube ich auch«, erwiderte Steffi, bevor sie sich von dem Anwalt verabschiedeten.

In den nächsten Tagen bereiteten Steffi und Ulrike den Verkauf ihres Hauses vor, denn sie wussten, dass ihnen nach dem Ende des Therapieseminars nicht mehr viel Zeit bleiben würde. Sobald die Makler, an die sie sich wandten, jedoch herausfanden, dass sie Europa verlassen wollten und dass Steffi zu einer Bewährungsstrafe und zur Teilnahme an einem Therapieseminar verurteilt worden war, lehnten sie den Auftrag mit der Begründung ab, dass sie grundsätzlich nicht für ›politisch unzuverlässige Personen‹ arbeiteten. Schließlich fuhren Steffi und Ulrike voller Verzweiflung zu Steffis Anwalt, der ihnen sofort seine Hilfe anbot.

»Ich kenne das Problem mittlerweile. Die Makler haben Angst, in sozialen Netzwerken bloßgestellt zu werden und Aufträge zu verlieren… Ich gebe Ihnen deshalb die Adresse eines Maklers, der solche Verkäufe übernimmt und es oft sogar schafft, noch einen halbwegs guten Preis zu erzielen, was ja nicht so einfach ist, weil Sie unter erheblichem Druck stehen«, sagte er.

Schon am selben Tag nahm Steffi Kontakt mit dem Makler auf, der versprach, sich um den Verkauf ihres Hauses zu kümmern. Während Steffi und Ulrike noch mit den Vorbereitungen für den Verkauf beschäftigt waren, erhielt Steffi nur eineinhalb Wochen nach der Gerichtsverhandlung einen Brief von der Staatsanwaltschaft, in dem sie aufgefordert wurde, sich vier Tage später zum Therapieantritt zu melden.

»Wir haben also nicht mehr viel Zeit«, sagte Steffi.

»Ja…«, antwortete Ulrike und drückte Steffi fest an sich.

»Ich muss jetzt bald anfangen, meine Sachen zu packen… ›Mitzubringen sind Unterwäsche, Schlafanzüge/Nachthemden und Hygieneartikel des täglichen Bedarfs. Weitere persönliche Dinge dürfen nicht in die Therapieeinrichtung mitgenommen werden. Kleidung und Arbeitskleidung werden gestellt‹, steht hier. Das heißt, dass ich nicht einmal ein Bild von dir mitnehmen darf…«

»Dafür werde ich den ganzen Tag an dich denken«, sagte Ulrike.

»Ich auch«, antwortete Steffi mit Tränen in den Augen.

Als der Tag des Abschieds gekommen war, fuhren Steffi und Ulrike in einen Vorort im Norden Frankfurts, wo Steffi sich bis spätestens 18 Uhr zum Antritt der Therapie melden musste. Schon von weitem sahen sie vom Auto aus den von hohen Mauern umgebenen Bau mit vergitterten Fenstern, der Platz für mehrere hundert Insassen bot. Nachdem Ulrike den Wagen abgestellt hatte, blieben ihnen nur noch wenige Schritte zu gehen, bis sie vor einem großen Metalltor mit der Aufschrift »Zentrum für Sozialtherapie Frankfurt am Main« standen.

»Ich werde in meinen Gedanken immer bei dir sein, und in sechs Wochen sehen wir uns wieder. Dann ist alles vorbei…«, sagte Ulrike.

»Ja,« antwortete Steffi mit tränenerstickter Stimme, und beide umarmten sich.

Danach fuhr Ulrike nach Hause, und Steffi wartete einige Minuten, bis sie sich wieder beruhigt hatte. Dann klingelte sie an einer Tür neben dem großen Tor. Nach wenigen Sekunden ertönte ein Summen, und Steffi öffnete die Tür. »Sie müssen sich dort melden«, sagte eine Wachbeamtin und deutete auf eine Tür, die die Bezeichnung »Aufnahme« trug. Auf ihr Klingeln öffnete eine andere Vollzugsbedienstete und forderte Steffi auf hereinzukommen.

»Stellen Sie Ihre Tasche hier ab und kommen Sie mit mir«, sagte die Vollzugsbeamtin. Nachdem Steffi ihre Tasche auf einen großen Tisch gestellt hatte, sah sie, wie eine andere Bedienstete sie öffnete und durchsuchte. Sie selbst ging mit der ersten Beamtin zu einem anderen Tisch, wo sie aufgefordert wurde, Schmuck und ihre Uhr in eine Schale zu legen. Dann sagte die Beamtin: »Das ist Ihre Kleidung für die Zeit der Therapie«, und gab ihr einen Stapel, der aus zwei olivfarbenen Drillichhosen, zwei Pullovern und drei T-Shirts in derselben Farbe bestand. »Ziehen Sie Ihre jetzige Kleidung aus und legen Sie sie in diesen Beutel! Er wird für die Zeit der Therapie hier verwahrt. Dort drüben ist eine Umkleidekabine.«

Nachdem Steffi sich umgezogen und ihre Kleidung abgegeben hatte, fragte die Beamtin eine Kollegin: »Welcher Schlafplatz?«

»Schlafsaal fünf, Bett zehn.«

»Kommen Sie mit!«, sagte die Beamtin zu Steffi, die ihr durch mehrere Gänge zu einem großen Schlafraum folgte, in dem etwa 30 Betten aufgereiht waren. Steffis Bett war das letzte in der ersten Reihe. An der Wand gegenüber den Betten standen ebenso viele schmale, metallene Spinde. »Der Spind ist nur für die Wäsche. Alle anderen Gegenstände, die Sie dort hineinlegen, werden konfisziert. Auf dem Nachttisch darf nur die Lampe stehen«, sagte die Beamtin und fuhr fort: »Sie können jetzt Ihre Unterwäsche und die gestatteten persönlichen Hygieneartikel abholen.« Steffi folgte wiederum der Beamtin, die ihr kurz darauf einen Beutel aushändigte. »Ihre Tasche wird bis zum Ende der Therapie einbehalten, ebenso wie das Parfüm und die Wimperntusche, die Sie mitgebracht haben. Sie erhalten sie am Ende des Aufenthalts zurück.« Anschließend übergab die Beamtin Steffi noch ein Merkblatt und fügte hinzu: »Sie wurden der Therapiegruppe A 1 zugeteilt. Wecken ist um halb sechs, Frühstück um halb sieben und Therapiebeginn um sieben Uhr mit der Gesprächstherapie.« Danach brachte die Beamtin Steffi wieder zurück in den Schlafsaal. Im Waschraum zeigte sie ihr ein kleines Waschbecken, das die Nummer zehn trug. »Alle Hygieneartikel müssen Sie hier unterbringen«, sagte die Beamtin und deutete auf einen kleinen Schrank oberhalb des Waschbeckens. »Andere Gegenstände sind dort nicht gestattet… Die Schlafsaaltür ist noch bis neun Uhr offen. Danach wird sie verschlossen.«

Als die Beamtin gegangen war, stellte Steffi ihre Hygieneartikel in das Schränkchen und ging in den Schlafsaal, der sich langsam füllte, nachdem das Abendessen zu Ende war. Als sie die Wäsche in ihren Spind legte, stand plötzlich eine große, durchtrainierte Frau neben ihr, deren Alter Steffi auf etwa 35 Jahre schätzte.

»Hallo, ich bin Claudia. Ich schlafe neben dir. Wenn du willst, helfe ich dir ein bisschen, dich zurechtzufinden. Ich bin schon seit zwei Wochen hier und habe noch sechs vor mir…«

»Mein Name ist Steffi. Es ist nett von dir, dass du mir bei der Eingewöhnung helfen willst. Ich glaube, ich kann es gebrauchen.«

»Das geht am Anfang allen so. Wie lange musst du hierbleiben?«

»Sechs Wochen.«

»Warum bist du hier?«

»Ach, das ist eine etwas längere Geschichte«, antwortete Steffi und erzählte Claudia, weshalb sie verurteilt worden war.

»Bei mir waren es missliebige Kommentare gegenüber Arbeitskollegen«, sagte Claudia und fuhr fort: »Ich kenne nicht alle Frauen hier im Schlafsaal, weil hier natürlich ein ziemliches Kommen und Gehen herrscht. Aber mit einigen habe ich schon Bekanntschaft geschlossen... Die junge Frau schräg hinter dir ist Annette«, sagte Claudia und deutete auf eine zierliche, etwa 30-jährige Frau mit dunkelbraunen Haaren. »Sie ist ein wenig schüchtern und hat einige Schwierigkeiten in der Therapie und auch manchmal hier im Schlafsaal, denn zwar sind die meisten von uns aus politischen Gründen hier, aber nicht alle... Die zwei da hinten, Pam und Sandy, sind wegen Raubes und Körperverletzung zu einer Bewährungsstrafe verurteilt worden... Die Therapeutinnen mischen absichtlich auch solche Frauen unter die anderen, um den Druck zu erhöhen. Hier sind es glücklicherweise nur zwei... In welcher Therapiegruppe bist du?«

»In Gruppe A 1«, antwortete Steffi.

»Ich auch. Die A-Gruppen sind für ›Intellektuelle‹ gedacht. Daneben gibt es noch die B-Gruppen für Leute mit mittlerem Bildungsstand und die C-Gruppen für solche ohne Schulabschluss und Analphabeten... Schön, dass wir in derselben Gruppe sind.«

»Ja«, antwortete Steffi mit einem Lächeln. »Was bist du von Beruf?«

»Ich bin Bauingenieurin«, sagte Claudia. »Auf diese Weise bin ich auch körperliche Arbeit gewohnt. Das hat seine Vorteile, denn ich genieße ›besondere pädagogische Betreuung‹. Das heißt, dass man schwere, dreckige Arbeit zugeteilt bekommt.«

»Ja, das habe ich schon gehört. In meinem Urteil ist auch davon die Rede.«

»Dann arbeiten wir vielleicht in derselben Gruppe... Was ist dein Beruf?«

»Ich bin Pianistin.«

»Dann bist du auf diese Art von Arbeit vermutlich nicht so gut vorbereitet.«

»Na ja, ich mache immerhin zu Hause vieles selbst und gehe regelmäßig laufen oder fahre Rad. Vielleicht hilft mir das… Du wirkst so, als ob du ziemlich sportlich bist.«

»Ja, ich habe früher Kugelstoßen und Speerwerfen als Leistungssport betrieben und dann meine Begeisterung für Kickboxen und Jiu-Jitsu entdeckt«, sagte Claudia und fuhr fort: »Ich glaube, jetzt ist eine gute Gelegenheit, dich mit Annette bekannt zu machen.«

Claudia bat Annette, zu ihr zu kommen, und erzählte ihr kurz, was sie über Steffi wusste.

»Du bist Pianistin…«, sagte Annette. »Ich kenne dich und war schon in zweien deiner Konzerte. Ich bin Cellistin und habe einige Zeit in einem Orchester gearbeitet, bis ich diese Stelle verlor, weil ich gegenüber Kollegen einige ›falsche‹ politische Bemerkungen gemacht hatte. Danach bekam ich fast täglich anonyme Drohungen. Als ich mich mit Hilfe eines Anwalts dagegen zu wehren versuchte, wurde ich wegen Verleumdung und Beleidigung religiöser Bekenntnisse zu einer Bewährungsstrafe verurteilt. Ich bin jetzt eine Woche hier… Die Therapie und die Trennung von meinem Mann und meinen beiden kleinen Kindern setzen mir ziemlich zu…«, sagte Annette mit zitternder Stimme und Tränen in den Augen.

»Du wirst es schon schaffen«, sagte Claudia.

»Ach, ich weiß nicht…«, antwortete Annette.

»Mit mir sind wir jetzt immerhin zu dritt, obwohl ich natürlich noch keine Erfahrung mit der Therapie habe…«, sagte Steffi.

»Du wirst sie morgen erleben…«, erwiderte Claudia mit einem Anflug von Verachtung, bevor sie sich auf die Nacht vorbereiteten.

Nachdem das Licht gelöscht worden war, dauerte es längere

Zeit, bis Steffi in der ungewohnten Umgebung einschlafen konnte. Auch danach wurde sie immer wieder vom Widerhall schlagender Türen, fernem Gelächter und gelegentlichen Schreien geweckt, bis sie endlich für längere Zeit tieferen Schlaf fand.

Dennoch war sie am nächsten Morgen einigermaßen erholt, als um halb sechs das Licht eingeschaltet wurde. Nach und nach standen alle Frauen auf und gingen eine nach der anderen zu den Waschbecken, den Toiletten und den beiden Duschen. Nach einer halben Stunde kamen zwei Aufsichtsbeamtinnen und kontrollierten die Spinde.

Wenige Minuten später erhob sich plötzlich lautes Geschrei.

»Verschwindet! Lasst meine Sachen in Ruhe! Was ich in meinem Schrank habe, geht euch nichts an!«, rief eine junge Frau mit dunkler Hautfarbe.

»Das ist Désirée«, sagte Claudia und deutete auf eine mittelgroße, etwa 25-jährige Frau. »Ihre Vorfahren stammen aus Afrika. Sie ist in einer anderen Therapiegruppe. Deshalb kenne ich sie noch nicht so genau… Offenbar sagt sie fast jeden Tag den Therapeutinnen und Aufseherinnen heftig und unverblümt die Meinung. Vorgestern soll sie in einer Therapiesitzung den Ausschuss für weltweite Wohlfahrt und Gerechtigkeit als einen Haufen von Lügnern und Betrügern bezeichnet haben, und gestern hat sie sich angeblich geweigert, einen völlig verdreckten Raum in einem ehemaligen Schlachthof sauberzumachen. Sie hat einen Mut zur direkten Konfrontation, den die meisten von uns wohl nie hätten. Ich hoffe nur, dass für sie am Ende alles gut ausgeht.«

Schließlich hörten Steffi und Claudia, wie die Beamtin in schneidendem Ton sagte:

»Ich muss Ihr Verhalten melden. Es wird Konsequenzen für Sie haben.«

Nach dem Frühstück, das sie in einem großen Speisesaal einnahmen, gingen alle Frauen nach unten und versammelten sich vor einer langen Reihe von Räumen. Steffi wartete mit Claudia und Annette vor einer Tür, die die Aufschrift *A 1* trug. Nach wenigen Minuten kamen zwei etwa 40-jährige Frauen, die beide einen knielangen grauen Rock und ein graues Jackett trugen, und öffneten die Tür. Die Gruppe, die aus etwa 15 Frauen bestand, betrat einen großen, fensterlosen, schallisolierten Raum, in dem etwa 20 Stühle im Kreis aufgestellt waren. Nachdem alle Platz genommen hatten, nahm eine der Therapeutinnen einen Block und einen Kugelschreiber aus ihrer Aktentasche, um sich Notizen zu machen, während die andere sagte:

»Sie hatten in den letzten Tagen Zeit, sich mit Ihrer Tat und Ihrer persönlichen Entwicklung auseinanderzusetzen. Ich hoffe, dass Sie sie genutzt und von den Gesprächen der letzten Sitzung und der Arbeitstherapie profitiert haben. Beginnen wir mit Ihren Reflexionen, mit denen Sie selbstkritisch zum Diskurs in der Gruppe beitragen.«

Dann deutete sie auf eine zierliche blonde Frau, deren Gesichtsausdruck Steffi nicht recht deuten konnte, und fuhr fort: »Wir fangen bei Ihnen an.«

»Für alle, die mich noch nicht kennen... Mein Name ist Sabine, und ich bin mittlerweile seit vier Wochen hier. Am Wochenende bin ich auf der Grundlage der letzten Therapiesitzung noch mehr als zuvor zu der Einsicht gelangt, dass meine Tat ein Ausdruck ödipaler Schuld ist, wie ich es beim letzten Mal schon angedeutet habe. Ich habe immer sehr an meinem Vater gehangen und meine strenge Mutter regelrecht gehasst. Aus dieser tiefen Abneigung gegen meine Mutter hat sich später ein unbewusster Hass gegen alle Autoritäten entwickelt, weil ich Schuldgefühle wegen meines Elektrakomplexes verdrängt habe. Aus diesem Grund hatte ich schon in der Pubertät Schwierigkeiten, mich in die Gemeinschaft einzufügen, und bin schließlich als Erwachsene mit der natürlichen, zwanglosen moralischen Autorität des Staates und der Informationsorgane in Konflikt geraten. Mittlerweile bin ich mir allerdings der Tatsache bewusst geworden, dass ich mich dieser Fehlentwicklung stellen muss, und habe mir verstärkt vorgenommen, durch vorbildlichen Einsatz in der Arbeitstherapie unter Beweis zu stellen, dass ich bereit bin, mich zu ändern.«

Die Therapeutin nickte zustimmend und sagte:

»Es scheint, dass Sie auf einem guten Weg sind. Sie müssen allerdings noch weiter an sich arbeiten.« Dann deutete sie auf Sabines Nachbarin und fuhr fort:

»Wir möchten jetzt hören, was die anderen zu sagen haben, und machen im Uhrzeigersinn weiter.«

Als nächstes kam eine leicht übergewichtige junge Frau mit braunen Haaren und blauen Augen an die Reihe, die sehr aufgeregt wirkte:

»Die meisten kennen mich schon... Mein Name ist Michaela. Ich bin ebenfalls seit vier Wochen hier und komme immer mehr zu der Erkenntnis, dass meine Taten ein Ergebnis mangelnden Selbstwert- und Gemeinschaftsgefühls sind, das zu einer starken Überkompensation und einem neurotisch übersteigerten Geltungsbedürfnis geführt hat. Diese falsche Einstellung begann bereits in meiner Kindheit... Ich war schon immer ein bisschen... dick und unattraktiv. Vielleicht habe ich mich deshalb oft meinen Tagträumen überlassen und mich von der Gemeinschaft abgesondert. Aus diesem Grund wurde ich natürlich zu Recht von den anderen gehänselt und geschlagen. Im Lauf der Zeit hat sich so ein falscher Lebensplan verfestigt, der auch bei mir zu einem verwerflichen, unsinnigen Aufbegehren gegen den zwanglosen Zwang natürlicher Autorität geführt hat und schließlich in hasserfüllte Hetze mündete, wegen derer ich verurteilt wurde. Glücklicherweise habe ich die Chance der Bewährung und einer Therapie bekommen, die ich noch weiter intensiv nutzen möchte, um mein Fehlverhalten zu korrigieren.«

Die Therapeutin nickte und sagte: »Sie haben in der selbstkritischen Reflexion ihrer Haltungen und Einstellungen deutliche Fortschritte gemacht. Das heißt aber nicht, dass Sie nicht noch einen langen Weg vor sich haben.«

»Ich weiß«, antwortete Michaela.

»Machen wir weiter«, sagte die Therapeutin und deutete auf die nächste Teilnehmerin der Runde, eine etwa 35-jährige Frau mit schwarzen Haaren, die angestrengt auf den Boden blickte.

»Mein Name ist Sevcan… Ich bin seit zwei Wochen hier. Ich arbeite noch intensiv an meinen Problemen… Glauben Sie mir bitte, dass ich bereit bin, mich zu ändern… Ich weiß nur noch nicht, wie…«

»Sie haben ja auch noch einige Wochen Zeit. Nutzen Sie sie!«, antwortete die Therapeutin und deutete auf ihre Nachbarin.

Nach und nach wurden so alle Frauen aufgefordert, sich zu dem zu äußern, was die Therapeutinnen den derzeitigen Stand der Entwicklung und selbstkritischen Reflexionsfähigkeit nannten. Mit manchen wirkten die Therapeutinnen zufrieden, während sie sich gegenüber anderen abweisend verhielten und sie streng ermahnten.

Schließlich kam die Reihe an Annette, die stark angespannt und den Tränen nahe war. Eine Minute lang brachte sie kein Wort heraus und biss sich auf die Lippen, bis sie an einer Stelle zu bluten anfingen. Als die Therapeutin sie weiter unablässig ansah, sagte sie mit tränenerstickter Stimme:

»Mein Gott, ich weiß nicht weiter…«

»Wir werden in Ihrem Fall zu anderen Mitteln greifen und Sie der Arbeitstherapiegruppe S 25 zuweisen«, antwortete die Therapeutin.

Dann deutete sie auf Claudia und sagte:

»Und wie sieht es bei Ihnen aus? Haben Sie nachgedacht?«

»Ich denke immer nach«, antwortete Claudia. »Allerdings kann ich Ihnen nicht viel Neues sagen…«

»Sie haben bisher noch nicht die geringsten Fortschritte gemacht. Bedenken Sie: Auch wenn Sie irgendwann in der Zukunft ihre schwere Verhaltensstörung überwinden, haben Sie immer noch mehr als genug Fehler und Schwächen, an denen Sie zu arbeiten haben. Ich warne Sie: Wenn Sie sich nicht bald ändern, werden Sie als Abschaum der Gesellschaft enden. Und noch etwas müssen Sie sich bewusst machen: Wenn Sie unter einer Persönlichkeitsstörung leiden, leidet die ganze Gesellschaft mit, denn Ihre seelische Abnormität ist letztlich politisch, wie alles andere auch. Deshalb werden wir alles daransetzen, damit Sie im eigenen Interesse, vor allem aber um der Gesellschaft willen, Ihre psychischen Deformationen überwinden und die unumstößlichen Wahrheiten und ewigen Prinzipien unserer Gemeinschaft anerkennen, die sich dem Kampf gegen die Lüge verschrieben hat. Wir werden mit allen uns zu Gebote stehenden Mitteln zu verhindern wissen, dass Sie das Gift Ihrer zerstörerischen Ideen weiterverbreiten und den Körper der Gesellschaft mit Ihrer Krankheit infizieren. Deshalb werden wir Sie nötigenfalls endgültig aus der Gemeinschaft aussondern, so wie Ärzte ein vom Wundbrand befallenes Glied amputieren, damit es nicht andere ansteckt.«

Claudia sah der Therapeutin kurz in die Augen und wandte dann ihren Blick ab.

Zum Schluss kam die Reihe an Steffi.

»Stellen Sie sich den anderen kurz vor!«, sagte die Therapeutin.

»Mein Name ist Steffi… Ich bin Pianistin.«

»Ihr Beruf, Ihre Beziehungen, Ihr Privatleben und Ihre sogenannte Identität sind hier bedeutungslos«, antwortete die Therapeutin und fuhr fort:

»Warum sind Sie hier?«

»Ich glaube, das wissen Sie selbst.«

»Erklären Sie es den anderen, und merken Sie sich ab sofort, dass solche Antworten ein Zeichen schwerster Charakterfehler sind, die wir Ihnen schon noch bewusst machen werden.«

»Ich bin hier, weil ich einer Kandidatin in einer Prüfung eine schlechte Note gegeben habe und deshalb von einer Gruppe von Schlägern angegriffen wurde. Dabei habe ich mich gewehrt und…«

»Ihre Lügengeschichte interessiert uns nicht. Was hier zählt, sind einzig und allein Ihre selbstkritischen Einsichten in die wahren Ursachen Ihrer Tat und all die schuldhaften Fehlentwicklungen, die zu ihr geführt haben.«

»Die einzige Einsicht, zu der ich gekommen bin, ist, dass ich möglicherweise dem Staat und der Gesellschaft zu sehr vertraut habe.«

Die Therapeutin lachte. »Und Sie selbst? Sie glauben doch wohl nicht im Ernst, dass Staat und Gesellschaft Individuen wie Ihnen vertrauen können… Sie kommen mit einer Haltung hierher, die an Dummheit und Unverschämtheit nur schwer zu überbieten ist. Bisher sind Sie zu oft damit durchgekommen. Aber jetzt werden Sie die Erfahrung machen, dass Sie sich den Forderungen der Gesellschaft zu stellen haben. Leute wie Sie und Ihre Nachbarin können sich gegenseitig weiter zu Hass und Fehlverhalten anstacheln. Alle anderen werden dann an Ihrem warnenden Beispiel sehen, wie Sie aus der Gesellschaft ausgeschlossen werden und zugrunde gehen. Das nächste Mal erwarte ich von Ihnen mehr Einsicht. Sie wissen, dass wir viele Möglichkeiten zur Verfügung haben… Entscheidend ist jetzt, dass Sie in der Arbeitstherapie unter schweren Bedingungen den äußerst negativen Eindruck wiedergutmachen, den Sie heute hier hinterlassen haben… Sie werden der Arbeitstherapiegruppe S 25 zugeteilt… Damit ist die Sitzung beendet. Wir sehen uns am Ende der Woche wieder.«

Nachdem alle Frauen den Raum verlassen hatten, fragte Steffi Claudia:

»Was bedeutet ›Arbeitstherapiegruppe S 25‹?«

»Das ist eine besondere Gruppe für Aufsässige und Problemfälle. Ich gehöre übrigens auch dazu. Letzte Woche habe ich mit drei anderen Frauen zusammengearbeitet, die aber inzwischen nach dem Ende der Therapie alle im Gefängnis sind. Ab heute teile ich also mein Schicksal mit dir und Annette… Mal sehen, wer noch dazukommt. Letzte Woche mussten wir eine alte Fabrik saubermachen. Alles war voll von giftigen Chemikalienrückständen, und es hat furchtbar gestunken. Diese Arbeit ist mittlerweile beendet. Jetzt kommt etwas Neues. Lassen wir uns überraschen!«

»Das einzig Gute ist, dass wir zusammen sind«, antwortete Steffi.

»Das stimmt. Deine Antwort vorhin war übrigens sehr mutig. Du warst wirklich tapfer… Aber auf Dauer ist es zermürbend.«

»Sicher…«, erwiderte Steffi, und als sie Claudia in die Augen sah, bemerkte sie zum ersten Mal einen leichten Anflug von Resignation.

Nach etwa einer Minute kam eine Aufsichtsbeamtin, die die Frauen aufforderte, nach unten zur Kleiderausgabe zu gehen, wo sie ihre Arbeitskleidung erhalten sollten.

In der Kleiderkammer hatten sich vor den Schaltern, die die Bezeichnungen der einzelnen Arbeitstherapiegruppen trugen, bereits lange Schlangen gebildet. Als die Reihe an Steffi kam, erhielt sie zerschlissene blaue Arbeitskleidung, wie sie Bauarbeiter trugen, und alte Lederschuhe.

»Ich glaube, die Hose ist mir zu groß und zu weit«, sagte Steffi.

»Die Sachen passen«, antwortete die Beamtin hinter dem Tresen in barschem Ton und fuhr fort: »Gehen Sie in den

Schlafsaal und ziehen Sie sich um! In einer Viertelstunde fahren die Busse im Hof zu den Einsatzorten ab.«

Als Steffi im Schlafsaal die Arbeitskleidung anzog, bemerkte sie, dass vor allem die Hose in der Tat viel zu weit war und dass sie den Strick, der als Gürtel diente, eng zuziehen musste, damit sie nicht herunterfiel. »Ich sehe wie eine zerlumpte Obdachlose aus«, sagte sie. »Ich auch«, antwortete Claudia. »Das ist Absicht. Wir sollen uns wortwörtlich wie schäbige Lumpen fühlen. Lass dich davon nicht beeindrucken!« Steffi nickte, und beide gingen nach unten, wo auf dem Hof eine Reihe von Bussen stand, vor denen Schilder die Bezeichnungen der jeweiligen Arbeitstherapiegruppen anzeigten. Sie warteten als Erste vor dem Schild mit der Aufschrift *S 25*. Nach einigen Minuten kam Annette, die in ihrer weiten Arbeitskleidung noch zerbrechlicher wirkte als zuvor. Kurz vor der Abfahrt des Busses stieß schließlich noch Désirée zu der kleinen Gruppe.

»Désirée, du bist jetzt auch bei uns…«, sagte Claudia.

»Ja… Das ist wohl ein Teil der Konsequenzen, die sie mir heute Morgen angekündigt haben, aber es ist wahrscheinlich nur der geringere Teil… Sie haben mir gesagt, dass ich ab heute nicht mehr bei euch schlafen werde«, antwortete Désirée mit einem bedrückten, angsterfüllten Gesichtsausdruck.

»Oh…«, antwortete Claudia.

Als Désirée sich kurz darauf für einen Augenblick von der Gruppe entfernte, sagte Claudia zu Steffi:

»Es gibt hier einen Trakt, in dem Gefangene in Einzel- oder Gruppenzellen nachts wachgehalten werden. Sie dürfen sich zwar stundenweise hinlegen, werden aber ständig aufgeweckt oder mit grellem Licht und lauter Musik am Schlafen gehindert, manchmal viele Tage oder Wochen lang, bis sie ein seelisches und körperliches Wrack sind.«

»Mein Gott…«, sagte Steffi mit einem Ausdruck des Entsetzens auf ihrem Gesicht.

140

»Hier musst du sehr stark sein… Aber du schaffst das schon«, antwortete Claudia.

Kurze Zeit später erschienen ein Fahrer und zwei Aufsichtsbeamtinnen, die sie aufforderten einzusteigen.

Als die vier Frauen und die beiden Beamtinnen Platz genommen hatten, verließ der Bus zusammen mit den anderen den Hof des Therapiezentrums. Die Fahrt führte durch Teile der Innenstadt nach Westen und endete schließlich in der Nähe des Flusses, nicht weit von dem Vorort entfernt, in dem Steffi wohnte. Dass sie ihrem Haus nahe war, machte ihr einmal mehr bewusst, wie sehr Ulrike ihr fehlte, doch andererseits empfand sie das Gefühl, in ihrer Nähe zu sein, allen widrigen Umständen zum Trotz als tröstlich.

Nachdem sie ausgestiegen waren, befahlen ihnen die Aufsichtsbeamtinnen, ihnen zu folgen, und liefen die Uferböschung hinunter zum Fluss, bis sie an der Mündung einer großen Betonröhre ankamen, die teilweise mit Unrat verstopft war.

»In den nächsten Wochen wird es Ihre Aufgabe sein, dieses alte, nicht mehr funktionsfähige Kanalsystem zu reinigen. Sie werden außen anfangen und dann immer weiter ins Innere vordringen. Die nötigen Werkzeuge finden Sie oben«, sagte eine der Beamtinnen und führte die vier Frauen wieder nach oben, wo ein mit Schubkarren, Schaufeln, Besen, Rechen und Mistgabeln beladener Anhänger abgestellt war.

»Gibt es hier auch Gummistiefel?«, fragte Claudia.

»Warum fragen Sie?«, antwortete die Beamtin. »Sie haben alles bekommen, was Sie brauchen. Stellen Sie keine Fragen, sondern fangen Sie an zu arbeiten! Bis heute Abend müssen Sie sich ein gutes Stück in den Kanal vorgearbeitet haben.«

Daraufhin beluden die vier Frauen drei Schubkarren mit Werkzeug und machten sich auf den Weg zurück zum Ufer, wo sie bald darauf begannen, angeschwemmte Äste und Unrat vor dem Eingang des Kanals wegzuräumen und nach oben zu bringen. Auf einem nahen Pfad, der am Ufer entlangführte, kamen immer wieder Schüler auf dem Weg nach Hause an ihnen vorbei. Einige würdigten sie keines Blickes, während andere Witze über sie machten. Manchmal gingen auch Erwachsene vorüber, die häufig bewusst wegschauten. Einmal jedoch hörte Steffi, wie eine Frau zu ihrer Begleiterin sagte: »Die armen Frauen...«, und wie die andere antwortete: »Wieso? Selber schuld! Wer nicht hören will, muss fühlen!« Steffi war froh, als sie den Bereich vor der Mündung der Röhre gereinigt hatten und mit der Säuberung des Kanals beginnen konnten, wo sie den Blicken der Passanten entzogen waren. Freilich kamen immer wieder die beiden Beamtinnen und beobachteten die vier Frauen genau, bevor sie nach oben zurückkehrten.

Innerhalb der Röhre fiel das Arbeiten zunächst leichter, weil es dort, wenige Meter vom Ufer entfernt, trocken war, so dass ihre völlig durchnässten Schuhe und Füße ein wenig trocknen konnten. Freilich war der Schlamm, der den Boden der mehr als zwei Meter hohen Röhre bedeckte, stark verkrustet, so dass es viel Mühe kostete, ihn mit den Schaufeln zu lockern. Während Claudia, Steffi und Désirée diese Arbeit ohne größere Schwierigkeiten bewältigten, kam Annette schnell ans Ende ihrer Kräfte. Deshalb ließen die drei sie öfter ausruhen, wenn die Beamtinnen sie gerade nicht beobachteten. Nach mehreren Stunden wurden sie aufgefordert, zum Mittagessen nach oben zu kommen, das aus mehreren Scheiben Brot mit einem dünnen Butteraufstrich und wenigen Scheiben Wurst bestand. Als sie nach der halbstündigen Pause ihre Arbeit fortsetzten, schien die Frühjahrssonne von einem fast wolkenlosen Himmel und wärmte den Eingang der Kanalröhre, so dass den vier Frauen die Arbeit eher leichtfiel. Gegen Abend, als langsam die Dämmerung anbrach, hatten sie die ersten 20 Meter des Abwasserkanals von Schlamm, Ästen und verfaultem Laub gereinigt. Schließlich befahlen ihnen die Aufsichtsbeamtinnen in den wartenden Bus einzusteigen. Als sie das Therapiezentrum erreichten, wurde Désirée sofort von den anderen getrennt und in den gesonderten Trakt gebracht, wo sie von nun an ihre Nächte verbringen sollte. Claudia, Steffi und Annette erhielten die Anweisung, in einem Waschraum ihre Arbeitskleidung und ihre Schuhe zu reinigen, die völlig mit verkrustetem Schlamm bedeckt waren. »Ihre Sachen werden in einer Stunde inspiziert. Wir erwarten, dass sie tadellos sauber sind. Ansonsten haben Sie heute Abend Spätdienst bis Mitternacht«, sagte eine Beamtin. Nachdem sie sich umgezogen hatten, machten sich die drei Frauen unverzüglich an die Arbeit, da die Reinigung der verdreckten Kleidung und der Schuhe mit einer kleinen Bürste und ein wenig Seife viel Zeit in Anspruch nahm. Nach einer Stunde kam die Beamtin und schaute sich alles gründlich an, fand aber trotz penibler Suche nichts auszusetzen und sagte schließlich: »In Ordnung... Sie können jetzt zum Essen und zum Duschen gehen.« Als die drei nach einem kurzen Abendessen im Schlafsaal ankamen, hatten sich vor den beiden Duschen bereits lange Schlangen gebildet. »Warten Sie bis zum Schluss! Sie sind als letzte dran«, sagte eine Beamtin. Als sie schließlich an der Reihe waren, war das Wasser eiskalt, und ihnen wurde gesagt, dass sie höchstens zwei Minuten für die Dusche zur Verfügung hätten. Danach waren Steffi, Claudia und Annette todmüde, als sie um zehn Uhr endlich ins Bett gehen konnten und das Licht ausgeschaltet wurde. Trotz ihrer Müdigkeit konnte Steffi nicht sofort einschlafen, sondern dachte lange Zeit an Ulrike und fragte sich, wie es ihr gehen mochte. Außerdem hielten sie auch an diesem Abend die ständigen Geräusche wach, die zeigten, dass längst nicht alle Frauen im Therapiezentrum schliefen und dass viele nie wirklich Ruhe fanden. Erst gegen Mitternacht fiel Steffi in einen tiefen Schlaf, aus dem sie erst beim Wecken um halb sechs erwachte.

Als Steffi, Claudia und Annette am nächsten Morgen den Hof betraten, bemerkten sie. dass Désirée schon auf den Bus wartete. Sie sah müde und erschöpft aus. »Ich musste bis drei Uhr morgens Wäsche waschen, trocknen und zusammenlegen. Danach durfte ich mich zwar für ein paar Stunden hinlegen, wurde aber ständig wieder aufgeweckt, weil ich nicht in der vorgeschriebenen Position geschlafen hatte. Ich glaube, ich habe letzte Nacht kaum ein Auge zugetan«, sagte sie. In einem unbeobachteten Augenblick legte Claudia einen Arm um ihre Schulter und sagte: »Wir werden versuchen, dir so viel Arbeit abzunehmen wie möglich.« »Danke«, antwortete Désirée. Als wenige Minuten später die Aufsichtsbeamtinnen kamen, sahen die vier mit Entsetzen, dass Sandy, eine der beiden Frauen aus ihrem Schlafsaal, die wegen Raubes und Körperverletzung verurteilt waren, die Beamtinnen begleitete. »Wir sollen strenger beaufsichtigt und stärker unter Druck gesetzt werden«, sagte Claudia. »Wir werden trotzdem tun, was wir können, um Désirée und Annette zu helfen«, antwortete Steffi. »Richtig«, sagte Claudia, bevor sie einstiegen.

Als sie an der Kanalröhre ankamen, fingen sie sofort mit der Arbeit an, weil ihnen gesagt worden war, dass sie sich bis zum Abend mindestens 30 Meter weiter in das Kanalsystem vorarbeiten müssten. Obwohl Désirée todmüde war, versuchte sie, so rasch wie möglich zu arbeiten, und brachte immer wieder die schwer beladenen Schubkarren nach oben, wo Schlamm und Unrat in einem Container gesammelt wurden. Auch Annette tat ihr Bestes, um mit Claudia und Steffi Schritt zu halten. Am Nachmittag jedoch waren Annettes und Désirées Kräfte erschöpft, und ihr Arbeitstempo wurde langsamer. Immer wenn sie versuchten sich auszuruhen, erschien jedoch wie aus dem Nichts Sandy und trieb sie in rüdem Ton an. Als Annette sich kurz hinsetzte, stand sie plötzlich vor ihr, gab ihr eine Ohrfeige und schrie sie an: »Los, an die Arbeit, du faule Schlampe!«

Während Annette in Tränen ausbrach, drehten sich Claudia und Steffi um, und Claudia sagte zu Sandy: »Verschwinde und lass sie in Ruhe!« Sandy sah, wie wütend Claudia war, und wagte nicht, ihr zu widersprechen. Kurze Zeit später begann sie jedoch, Désirée unter Druck zu setzen, indem sie sagte: »Nicht so langsam! Wer so faul ist wie du, hat nachts auch keinen Schlaf verdient.«

Am Abend waren vor allem Désirée und Annette völlig übermüdet. Vor der Abfahrt ins Therapiezentrum sagte eine der Beamtinnen zu Claudia: »Sie haben einer Aufsichtsperson widersprochen. Zur Strafe haben Sie heute Nachtdienst. Außerdem haben wir den Vorfall in Ihrer Akte festgehalten.« Im Therapiezentrum angekommen, mussten Claudia, Steffi und Annette wieder ihre Kleidung reinigen. Danach wurde Claudia zum Nachtdienst abgeholt. Als die Aufseherin sich umdrehte, umarmte Steffi Claudia und sagte: »Ich werde an dich denken…« »Danke… bis morgen«, antwortete Claudia.

Als Steffi Claudia am nächsten Tag wiedersah, wirkte sie, ebenso wie Désirée, stark erschöpft. »Ich musste zusammen mit einem kleinen Trupp die ganze Nacht Fußböden schrubben und Toiletten saubermachen. Schlafen durfte ich nicht.« Kurz darauf erschienen die Beamtinnen und Sandy, die Claudia höhnisch angrinste, während sie den Bus bestiegen.

An diesem Tag drangen die vier Frauen weitere 35 Meter in die Kanalröhre vor. Mit zunehmender Entfernung von der Mündung wurde es langsam dunkler und kälter. Zudem machte sich allmählich ein modriger Geruch bemerkbar, der ihnen freilich am Anfang nicht allzu sehr bewusst wurde, weil sie zu stark mit ihrer Arbeit beschäftigt waren. Obwohl Annette und Désirée schnell beinahe am Ende ihrer Kräfte waren, taten sie, was sie konnten, um das hohe Pensum zu erledigen. Am Nachmittag spürte auch Claudia eine zunehmende Ermüdung, hielt aber zusammen mit Steffi trotz der schlaflosen

Nacht erstaunlich gut durch. Obwohl sie im Zeitplan lagen, erschien immer wieder Sandy und trieb sie zu schnellerer Arbeit an. An diesem Tag hatte sie es vor allem auf Désirée abgesehen, die zum ersten Mal den Tränen nahe war.

Am Ende des Tages wurde Claudia wieder bis zwei Uhr zum Nachtdienst eingeteilt und war am nächsten Morgen noch erschöpfter als zuvor. Bevor sie ihre Arbeit antraten, erhielten die vier Frauen Helme mit starken Lampen, um sich in der immer dunkleren Röhre orientieren zu können. An diesem Tag wurde ihnen zum ersten Mal der Fäulnisgeruch bewusst, der umso stärker wurde, je weiter sie sich vorarbeiteten. Bevor sie zum Therapiezentrum abfuhren, sagte eine der Beamtinnen zu Claudia: »Sie dürfen heute wieder im Schlafsaal übernachten. Ich hoffe sehr, dass Sie sich den Nachtdienst zur Warnung dienen lassen und dass er Ihnen für die morgige Gesprächstherapiesitzung zu denken gibt.«

Am nächsten Tag war Claudia halbwegs erholt, und auch Désirée ging es besser, weil ihr erlaubt worden war, sechs Stunden am Stück zu schlafen. Am Abend durften sie die Arbeit eine Stunde früher beenden, um vor der Gesprächstherapie noch duschen zu können.

Auch dieses Mal nahm Steffi sich vor, dem Druck der Therapeutinnen nicht nachzugeben, doch sie erinnerte sich auch an die Mahnung ihres Anwalts, eine direkte Konfrontation möglichst zu vermeiden.

Als die Frauen der Gesprächstherapiegruppe A 1 kurze Zeit später im fensterlosen Therapieraum saßen, sagte eine der beiden Therapeutinnen:

»Sie hatten mehrere Tage Zeit, über sich nachzudenken. Wir wollen heute das Ergebnis ihrer selbstkritischen Reflexionen hören.«

Wie beim letzten Mal wurde Sabine als Erste aufgefordert, ihre Selbstkritik vorzutragen.

»In dieser Woche ist mir noch mehr als zuvor bewusst geworden, wie schwer meine selbstverschuldeten Fehler und Persönlichkeitsstörungen sind, und ich habe mir vorgenommen, alles zu tun, um den gesellschaftlichen Schaden wiedergutzumachen, den ich angerichtet habe. Deshalb habe ich darum gebeten, als Strafe für mein Verhalten schwerere Arbeit leisten zu dürfen.«

»Wir haben diese Bitte wohlwollend zur Kenntnis genommen, ebenso wie Ihre Bereitschaft zur Selbstkritik«, antwortete die Therapeutin und fuhr anschließend, an die anderen gewandt, fort:

»Ich hoffe für Sie alle, dass Sie sich ihrem Beispiel anschließen.«

Dann sagte sie zu Michaela: »Sie sind dran.«

Michaela biss sich kurz auf die Lippen und erwiderte:

»Auch ich habe gemerkt, wie gemeinschaftsschädlich mein Verhalten und mein anfänglicher Widerstand gegen die Therapie waren… So wie ich jetzt bin, habe ich keine Zukunft als nützliches Mitglied der Gesellschaft. Auch ich habe darum als selbst auferlegte Strafe um härtere Arbeit und Nachtdienst gebeten, um demütiger werden zu können.«

Die Therapeutin nickte wohlwollend und forderte ihre Nachbarin auf fortzufahren. So kamen auch dieses Mal alle Mitglieder der Runde zu Wort. Nahezu alle Frauen übten wesentlich mehr Selbstkritik als in der vorigen Therapiesitzung, so dass die Therapeutinnen deutlich zufriedener wirkten. Als die Reihe an Annette kam, brach sie in Tränen aus und zitterte so stark, dass sie unfähig war zu sprechen.

»Ihre Tränen nützen Ihnen nichts. Wir sehen darin einen Versuch, die Therapie zu sabotieren. Ändern Sie Ihre Einstellungen und zeigen Sie Selbstkritik!«, sagte die Therapeutin.

Schließlich stammelte Annette mühevoll einige Worte:

»Bitte…. Bitte verstehen Sie… Ich bin bereit, alles zu tun, was Sie von mir verlangen…«

»Das ist zwar ein Anfang, aber Sie haben noch einen harten Weg vor sich«, antwortete die Therapeutin und zeigte auf Claudia.

»Wie sieht es bei Ihnen aus?«

»Mein Gott, ich weiß nicht, was ich sagen soll…«, antwortete Claudia nach einigen Sekunden.

»So kommen wir nicht weiter«, sagte die Therapeutin. »Wir werden bei Ihnen die Daumenschrauben anziehen.«

Als letzte kam Steffi an die Reihe.

»Und Sie? Wie beurteilen Sie Ihre Fehler und Ihr Verhalten?«, fragte die Therapeutin.

Nach einem Augenblick antwortete Steffi: »Wo ich in der Vergangenheit richtig gehandelt habe, werde ich auch in Zukunft richtig handeln. Wo ich Fehler gemacht habe, werde ich versuchen, sie zukünftig zu vermeiden.«

»Was heißt das konkret für die Tat, die Sie begangen haben?«

»Das gilt für alles, was ich tue, auch für diesen Vorfall.«

Die Therapeutin sah sie einige Sekunden lang durchdringend an. Dann fuhr sie fort:

»Das Einzige, was wir Ihnen zugute halten können, ist Ihr Einsatz in der Arbeitstherapie und die Tatsache, dass Sie dem Personal nicht widersprechen. Aber nehmen Sie sich in Acht!«

Danach erklärte sie die Sitzung für beendet.

Als die drei Frauen im Schlafsaal ankamen, wurde Claudia aufgefordert, alle notwendigen Sachen zusammenzupacken und sich innerhalb einer Viertelstunde im Sondertrakt zu melden. »Auch ich werde in nächster Zeit weniger Schlaf bekommen… Ich habe schon damit gerechnet«, sagte sie. »Ich werde für dich tun, was ich kann«, antwortete Steffi und umarmte Claudia kurz, bevor sie gehen musste.

In den nächsten Tagen waren Désirée und Claudia stark erschöpft. Vor allem Désirée musste immer wieder kurze Pausen einlegen und wirkte manchmal wie benommen. Dennoch schafften es die vier Frauen, das geforderte Arbeitspensum zu erledigen, und drangen immer tiefer in das Kanalsystem vor. Weit vom Eingang und vom Tageslicht entfernt machten sich mittlerweile Kälte, Feuchtigkeit und Fäulnisgeruch immer stärker bemerkbar. Hinzu kam, dass die Röhre immer niedriger und enger wurde, so dass die vier Frauen zunehmend in gebeugter Haltung arbeiten mussten und im Lauf der Zeit an starken Rückenschmerzen litten.

In der nächsten Gesprächstherapiesitzung waren Sabine und Michaela nicht mehr dabei. Es hieß, sie seien von der Gesprächstherapie befreit und würden bald entlassen. Statt ihrer übten andere Frauen Selbstkritik und baten um härtere Arbeit und Nachtdienst. Annette war nach wie vor nicht in der Lage zu sprechen und wurde dafür von den Therapeutinnen als besonders stark neurotisch, dekadent und überempfindlich bezeichnet, und ihr wurde vorhergesagt, dass sie als Wrack enden und eines Tages selbst ihrem Leben ein Ende setzen würde. Claudia sagte nach wie vor wenig oder gar nichts, weshalb ihre Schlafzeit immer weiter verkürzt wurde. Steffi dagegen ließen die Therapeutinnen zu ihrem eigenen Erstaunen weitgehend in Ruhe, was sie vor der Gruppe damit begründeten, dass sie in der Arbeitstherapie besonderen Einsatz zeige.

Als etwa die Hälfte der sechs Therapiewochen vergangen war, wurde Steffi mitgeteilt, dass sie am nächsten Tag, einem Sonntag, Besuch von Ulrike erhalten würde. Steffi hatte sich schon seit langem auf den Besuch gefreut, weil sie ihre Lebenspartnerin jeden Tag schmerzlicher vermisste. Am Sonntagabend wurde sie schließlich in einen Besucherraum gebracht, in dem Ulrike saß, von der sie freilich durch eine dicke Glasscheibe getrennt war. Steffi brach in Tränen aus und fand am Anfang nur wenige Worte. Schließlich fragte sie Ulrike, ob der Verkauf des Hauses Fortschritte mache. »Ja, wir haben mehrere Interessenten, und es sieht so aus, als ob wir das Haus in ein paar Wochen verkaufen können«, antwortete Ulrike und fuhr fort: »Ich habe noch eine weitere gute Nachricht für dich. Ein Konservatorium in New York hat dir einen Arbeitsvertrag angeboten und sich sogar an das amerikanische Konsulat gewandt, um deinen Visumantrag zu unterstützen und darauf zu dringen, dass du bald ausreisen kannst. Außerdem haben sich schon mehrere amerikanische Konzertveranstalter gemeldet.« Steffi war froh, weil sich dadurch nicht nur ihre beruflichen Aussichten wesentlich verbesserten, sondern auch die Wahrscheinlichkeit wuchs, dass sie nach der Therapie entlassen würde und nach Amerika auswandern konnte. Deshalb war sie am Ende der zehn Minuten, die für das Gespräch vorgesehen waren, wesentlich ruhiger und gelassener. »Bis bald… Du weißt, dass ich immer an dich denke.… In drei Wochen werden wir uns viel zu erzählen haben«, sagte Ulrike zum Abschied. »Das stimmt. Bis bald. Auch ich denke jeden Augenblick an dich«, antwortete Steffi, bevor sie zurück in den Schlafsaal geführt wurde.

In den folgenden Tagen und Wochen arbeiteten die vier Frauen jeden Tag acht bis zehn Stunden in der Abflussröhre und machten trotz immer größerer Erschöpfung erstaunliche Fortschritte. Dennoch zehrten nicht nur die harte Arbeit und der Schlafmangel, sondern auch die Dunkelheit, der Gestank, die Enge und eine immer bedrohlichere Atmosphäre an ihren Kräften. Manchmal durften Claudia und Désirée fünf oder sechs Stunden schlafen. In der Regel waren es jedoch nur zwei bis vier Stunden, so dass sich nicht zuletzt ihre seelische Verfassung immer weiter verschlechterte. Das hohe Arbeitspensum und die Rückenschmerzen, an denen alle vier litten, weil sie immer tiefer gebeugt arbeiten mussten, ließen sie zusätzlich ermüden. Nicht zuletzt jedoch empfanden sie die Umgebung mehr und mehr als beängstigend und unheimlich. Alle vier Frauen glaubten Geräusche zu hören und in vager Ferne Dinge zu sehen, die sie sich kaum erklären konnten. Obwohl sie wussten, dass diese Wahrnehmungen möglicherweise eine Folge des Schlafmangels waren, empfanden sie sie als zutiefst verstörend. Vor allem Désirée, aber auch Annette wurden dadurch nachts von Albträumen geplagt, die ihnen oft genug den wenigen Schlaf raubten.

Auch in der Gesprächstherapie wurden vor allem Claudia und Annette immer wieder dazu gedrängt, Selbstkritik zu üben. Während Annette dem völligen seelischen Zusammenbruch nahe war, weigerte sich Claudia noch immer, diesem Druck nachzugeben, und sagte entweder nichts oder antwortete ausweichend. Deshalb wurde nicht nur ihre Schlafzeit noch weiter verkürzt, sondern die Therapeutinnen machten auch wieder und wieder vage, drohende Andeutungen über ihr mögliches zukünftiges Schicksal. In der letzten Woche vor dem Ende der Therapie und der Entscheidung über ihre Bewährung bemerkte Steffi zum ersten Mal, dass Claudia weinte und kaum noch fähig war zu sprechen. Freilich fand sie danach immer ihre Fassung wieder, und Steffi spürte, dass sie trotz allem innerlich ungebrochen war. Viele andere Frauen dagegen hielten der Belastung nicht stand und bezichtigten sich seelischer Abnormitäten und Verbrechen gegen die Gesellschaft. Einige wurden danach vorzeitig entlassen. An ihrer Stelle kamen neue Frauen, die ebenfalls zumeist schnell seelisch zerbrachen. Auch Steffi wurde gelegentlich bedroht und unter Druck gesetzt, doch wurde sie nicht unmittelbar mit Schlafentzug gequält. Dennoch hinderten die bedrückende Atmosphäre, die Rückenschmerzen und gelegentliche Albträume auch sie immer öfter daran, nachts Schlaf zu finden.

Zwei Tage vor dem Ende der Therapie waren die vier Frauen schließlich etwa einen Kilometer tief in das Kanalsystem vorgedrungen. Désirée und Claudia waren in den letzten Tagen fast die ganze Nacht wachgehalten worden, und vor allem Désirée war so erschöpft wie nie zuvor. Als sie an jenem Tag, einem Donnerstag, zur Arbeit gebracht wurden, wussten alle, dass die beiden kommenden Tage für sie sehr schwer werden würden. Claudia spürte, dass ihre körperlichen Kräfte in den vergangenen Tagen nachgelassen hatten, und sagte auf dem Weg durch die Kanalröhre zu Steffi: »Ich habe in den letzten drei Wochen immer weniger Fett zu essen bekommen und beginne die Wirkung zu spüren. Ich habe dauernd Hunger und friere oft. Außerdem kann ich manchmal kaum noch klar denken... Auf Dauer hält der menschliche Körper das nicht aus.« Steffi war entsetzt und antwortete: »Sie versuchen, dadurch deinen Widerstand zu brechen.« »Ja«, erwiderte Claudia. »Aber sie werden keinen Erfolg haben.« Nach einer kurzen Pause fuhr sie fort: »Ich mache mir Sorgen um Désirée. Ich bin todmüde, aber Désirée ist völlig am Ende. Ich hoffe, dass sie noch irgendwie durchhält.« »Wir werden alles tun, um ihr zu helfen«, entgegnete Steffi, kurz bevor sie ihr Ziel erreichten. Als Steffi, Claudia und Désirée zu arbeiten anfingen, bemerkten sie, dass Annette sich übergeben musste. »Sie hält den Gestank und den Anblick der toten Ratten nicht aus«, sagte Steffi und lief mit Annette eine längere Strecke zurück Richtung Ausgang, wo der Geruch weniger stark war. »Es geht schon wieder...«, sagte Annette nach einer Weile. »Vor allem die Ratten erzeugen in mir einen unwiderstehlichen Ekel.« »Das kann ich verstehen. Wir versuchen, sie so schnell wie möglich wegzuräumen«, erwiderte Steffi, bevor sie zu den anderen zurückkehrten. Nachdem Claudia, Steffi und Désirée die Ratten in einer Schubkarre gesammelt und nach oben gebracht hatten, begannen sie wieder, den verkrusteten Schlamm vom Boden der Röhre zu entfernen. Annette versuchte ihnen zu helfen, so gut sie konnte, doch war sie schon nach kurzer Zeit am Ende ihrer Kräfte. Nach etwa einer Stunde sagte Désirée zu den anderen: »Ich habe starke Kopfschmerzen und muss unbedingt eine Pause machen.« Danach entfernte sie sich kurz von der kleinen Gruppe, so dass Claudia und Steffi sie nicht mehr sehen konnten. »Ich hoffe, dass mit ihr alles in Ordnung ist«, sagte Claudia. »Ich weiß nicht…« antwortete Steffi. Nach einigen Minuten hörten sie Désirée laut schreien und sahen, wie sie ihnen entgegenlief. Schließlich fiel sie Steffi in die Arme und klammerte sich verzweifelt an ihr fest. »Da waren wieder diese unheimlichen Geräusche…«, sagte sie atemlos. »Und ich habe etwas gesehen…« Désirée brach in Tränen aus und umklammerte Steffi immer fester. »Wir müssen sofort weg von hier!«, schrie sie. »Was hast du gesehen?«, fragte Steffi. »Eine riesige Ratte… einen Meter hoch und drei Meter lang, mit großen, scharfen Zähnen, wie Dolche. Sie kommen, um uns zu fressen!« Steffi umarmte Désirée fest und antwortete: »Désirée… wir sind alle mit den Nerven völlig am Ende. Es ist der Schlafmangel… Dein Gehirn hat dir einen Streich gespielt. Es war eine Halluzination.« »Nein, ich habe es mit eigenen Augen gesehen! Die Ratte war nur zehn Meter von mir entfernt.« »Désirée, versuch' dich zu beruhigen. Du brauchst dringend Schlaf… Da hinten sind zwei Stufen in der Kanalwand. Da kannst du dich hinsetzen und ein paar Stunden schlafen.« Dann fuhr sie, zu Claudia gewandt, fort: »Désirée muss unbedingt schlafen, sonst wird sie wahnsinnig.« »Das stimmt. Das Gute ist, dass die Röhre hier so eng und der Gestank so ekelhaft ist, dass die Aufseherinnen fast nie mehr hierher kommen.« Steffi umarmte noch immer Désirée und bemühte sich, sie zu beruhigen. »Komm, Désirée«, sagte sie. »Setz dich da hin und versuch' etwas Schlaf zu finden. Wir sind gleich neben dir.« Schließlich setzte sich Désirée, lehnte sich gegen die Kanalwand und schlief sofort ein. »Ich hasse diese Leute für das, was sie ihr antun«, sagte Claudia. »Ich auch«, entgegnete Steffi. »Ehrlich gesagt, ich weiß manchmal auch nicht mehr, ob ich wach bin oder träume und ob diese seltsamen Geräusche hier unten Wirklichkeit oder Einbildung sind«, fuhr Claudia fort. »Mir geht es genauso«, erwiderte Steffi.

In den nächsten Stunden arbeiteten die drei Frauen weiter, während Désirée fest schlief. Auch Annette tat ihr Bestes, um durchzuhalten, obwohl der Geruch immer durchdringender wurde und sie mehr und mehr tote Ratten fanden. Steffi und Claudia schaufelten die Ratten in die Schubkarre und bedeckten sie mit Schlamm, bevor Annette den Unrat nach oben brachte, was ihr erlaubte, zwischendurch etwas frische Luft zu schöpfen. Nach einiger Zeit freilich klagte auch Claudia über starke Kopfschmerzen und meinte, immer lautere Geräusche zu hören. »Du solltest dich neben Désirée setzen und etwas schlafen«, sagte Steffi. »Ich glaube, ich habe keine andere Wahl«, antwortete Claudia. Wenig später setzte sie sich auf die Treppenstufen und schlief ebenfalls sofort ein, während Steffi und Annette weiterarbeiteten. Als Annette bald darauf eine Schubkarre voll Schlamm nach oben brachte, hörte Steffi plötzlich ein Geräusch hinter sich und drehte sich mit einer Mistgabel voller Ratten in der Hand erschrocken um. Im Licht ihrer Lampe stand Sandy wenige Meter vor ihr und entdeckte sofort, dass Claudia und Désirée schliefen. »Hier wird nicht geschlafen! Los, an die Arbeit!«, schrie sie. In diesem Augenblick trat Steffi mit der Mistgabel zwei Schritte auf sie zu und sagte leise, aber mit eindringlicher Stimme: »Hau ab!« Gleichzeitig hörte sie ein lautes Geräusch, das wie Schreien und Weinen klang. Sandy starrte sie ungläubig und erschrocken an, tat einen Schritt zurück, drehte sich hastig um und rannte weg.

Als sich wenig später ihre Arbeitszeit dem Ende zuneigte, erwachte Désirée nach etwa sechsstündigem Schlaf. »Wie geht es dir?«, fragte Steffi. »Viel besser. Ich glaube, der Schlaf hat mich gerettet... Ich hoffe, dass ihr ohne mich halbwegs zurechtgekommen seid.« »Ja, wir haben fast das ganze Pensum geschafft, obwohl auch Claudia einige Stunden geschlafen hat.« Nur wenige Minuten später wachte Claudia ebenfalls auf. Kurz darauf erschien eine Aufsichtsbeamtin und forderte die vier Frauen auf, nach oben zu kommen und sich auf die Abfahrt zum Therapiezentrum vorzubereiten.

Der nächste Tag war der letzte, der für die Arbeitstherapie vorgesehen war. Nach diesem Arbeitstag und der abendlichen Gesprächstherapiesitzung sollte den vier Frauen am folgenden Tag bekanntgegeben werden, ob sie auf Bewährung entlassen würden oder ihre Haftstrafe würden antreten müssen.

Am Morgen waren Claudia und Désirée wieder völlig übermüdet, weil sie bis spät in die Nacht hatten arbeiten müssen und ihnen danach nur wenig Schlaf gestattet worden war. Als sie an ihrem Arbeitsort ankamen, sagte eine der Aufsichtsbeamtinnen:

»Heute werden Sie den letzten Kanalabschnitt reinigen und dabei auf eine massive Barriere stoßen. Wir müssen diesen letzten Widerstand beseitigen, damit das Wasser abfließen kann und der Kanal wieder zu einem funktionstüchtigen Teil des Abwassersystems wird. Es wird ein harter Arbeitstag für Sie werden. Die Entscheidung über Ihre Bewährung wird auch von Ihrer heutigen Leistung und Ihrem Verhalten in der abschließenden Gesprächstherapiesitzung abhängen. Also strengen Sie sich an!«

Anschließend nahmen die vier Frauen wie immer ihr Werkzeug und liefen durch die Kanalröhre zu dem Ort, wo sie am Abend zuvor die Arbeit unterbrochen hatten. Dabei hatten sie den Eindruck, dass der Fäulnisgeruch an diesem Tag noch stärker war als sonst. Als sie weiter vordrangen, sahen sie, dass die Röhre nach etwa zwanzig Metern stark nach links gekrümmt war, so dass sie nicht sehen konnten, was sich hinter der Biegung verbarg. Der Gestank wurde freilich so durchdringend, dass Annette sich wieder übergeben und frische Luft schöpfen musste. Als sie die Krümmung erreichten, war Steffi die Erste, die sich vorwagte, um zu sehen, was sie erwartete. Nachdem sie einen Blick in den dahinterliegenden Kanalabschnitt geworfen hatte, kam sie mit einem Ausdruck des Entsetzens zurück. »Ich glaube nicht, dass Annette den Anblick aushalten wird«, sagte sie. »Was verbirgt sich da hinten?«, fragte Claudia. »Sieh es dir selbst an!«, erwiderte Steffi. Als sie die Stelle erreichten, sagte Claudia: »Oh Gott!« Beide schauten sich das Hindernis näher an und sahen jetzt aus nächster Nähe genau, dass es aus einem Berg von toten, verfaulten Ratten bestand, die teilweise von ihren Artgenossen angefressen worden waren. Der Gestank, den sie verströmten, war nur schwer zu ertragen. »Das ist selbst für mich beinahe zu viel«, sagte Claudia. »Wir müssen vorsichtig sein… Die Ratten könnten an der Tollwut verendet sein. Wir müssen unbedingt vermeiden, sie mit unseren dünnen Lederhandschuhen anzufassen.« »Ja, da hast du recht«, entgegnete Claudia.

Einige Augenblicke später standen plötzlich Annette und Désirée hinter ihnen, ohne dass sie sie vorher bemerkt hätten. Annette schrie nur: »Oh mein Gott! Warum tun sie uns das an? Ich ekle mich so unbeschreiblich vor Ratten.« Sie wurde leichenblass, musste sofort erbrechen und konnte sich kaum noch auf den Beinen halten. Steffi tat ihr Bestes, um sie zu trösten, und brachte sie und Désirée zu den Stufen in der Kanalwand. »Setz dich da hin und warte, bis wir die Ratten weggeschafft haben. Hier ist auch der Gestank etwas erträglicher…«, sagte Steffi. »Danke«, erwiderte Annette und fuhr fort: »Ich kann nicht mehr… Ich sagte ihnen alles, was sie wollen, damit sie endlich aufhören…« Steffi umarmte Annette und versprach ihr, alles zu tun, um ihr zu helfen. Auch Désirée war zu Tode erschöpft und brauchte dringend Schlaf. Ihre Augen waren blutunterlaufen, und in ihr Gesicht hatten sich tiefe Falten eingegraben. Es war, als ob sie innerhalb einiger Wochen um viele

Jahre gealtert wäre. Als sich die beiden auf die Treppenstufen gesetzt hatten, betrachtete Steffi sie für einige Augenblicke mit einem Ausdruck tiefen Entsetzens. Der Anblick dieser beiden innerlich gebrochenen Frauen war so erschütternd, dass sie sich etwas Derartiges selbst nach der Gerichtsverhandlung vor einigen Wochen nicht hätte vorstellen können.

Nachdem sie Annette und Désirée nochmals kurz umarmt hatte, kehrte sie zu Claudia zurück, und beide begannen, die Ratten mit Mistgabeln auf Schubkarren zu schaufeln, die sie abwechselnd nach oben brachten. Nach einigen Stunden waren Claudia und Steffi todmüde. Ihre Augen waren von dunklen Rändern umgeben, und auch sie wirkten, als ob sie in den letzten Wochen um zehn Jahre älter geworden wären. Der Geruch und der Anblick der großen, halb verwesten Ratten weckte auch in ihnen ein ständiges, unwiderstehliches Gefühl der Übelkeit. Beide mussten sich immer wieder übergeben und waren nach einiger Zeit über und über mit Schmutz und Erbrochenem bedeckt. Als Steffi eine Schubkarre nach oben brachte, hörte sie, wie eine Aufsichtsbeamtin zu der anderen sagte: »Die sehen selbst beinahe aus wie tote Ratten.« »Da hast du allerdings recht«, erwiderte die andere, und beide lachten laut.

Dennoch hielten Steffi und Claudia der Müdigkeit und dem Ekel zum Trotz durch und hatten am späten Nachmittag den ganzen großen Haufen von Ratten abgetragen. Schließlich waren Annette und Désirée in der Lage, ihnen bei der Beseitigung des restlichen Unrats, der überwiegend aus Schlamm und verfaulten Blättern bestand, zu helfen. Als am Ende des Arbeitstages eine der beiden Aufsichtsbeamtinnen nach unten kam, fand sie alle vier bei der Arbeit vor. »Erstaunlich, was Sie geschafft haben! Das hätten wir nicht gedacht«, sagte sie und forderte die vier Frauen auf, nach oben zu kommen.

Auf der Fahrt zurück ins Therapiezentrum war in dem kleinen Bus der Gestank, der von den zerlumpten Arbeitsanzügen und den Körpern der vier Frauen ausging, so stark, dass der Fahrer das Fenster öffnete, um nicht erbrechen zu müssen. Die beiden Aufsichtsbeamtinnen hielten sich die Nase zu. »Hier stinkt es ekelhaft nach Ratten«, sagte eine von ihnen, und die andere antwortete mit einem höhnischen Grinsen.

Im Therapiezentrum schickten die Beamtinnen die vier zum Duschen in den Schlafsaal. Auf dem Weg dorthin bemerkten sie, dass viele Frauen sie mit einem Ausdruck von Erschrecken und Mitleid anstarrten. Als sie im Schlafsaal ankamen, waren die anderen Frauen entsetzt über ihren Anblick, und manche mussten sich die Nase zuhalten, um nicht zu erbrechen. Steffi hörte, wie eine ihrer Bettnachbarinnen sagte: »Mein Gott, ich hoffe, dass es mir nicht ähnlich geht…« Obwohl den Bewohnerinnen des Schlafsaals gesagt worden war, dass Steffi, Claudia, Annette und Désirée mit dem Duschen bis zum Schluss warten müssten, ließen sie die vier Frauen sich zuerst waschen, auch wenn sie sich damit über eine Anweisung des Personals hinwegsetzten. Als Steffi vor dem Duschen in den Spiegel sah, erschrak sie zutiefst. Ihre Wangen waren eingefallen, um ihre Augen hatten sich breite blaue Ringe gebildet, und um ihren Mund herum zeigten sich tiefe Falten. Zudem war sie über und über mit übelriechendem Schmutz bedeckt.

Nach dem Duschen fühlte sie sich, ebenso wie Claudia, Annette und Désirée ein wenig besser. Anschließend mussten die vier Frauen freilich noch ihre Arbeitskleidung reinigen, bevor die letzte Gesprächstherapiesitzung begann.

Als alle Frauen in der Runde Platz genommen hatten, wurden sie wie immer reihum zum Sprechen aufgefordert. Wieder bezichtigten sich viele Frauen, darunter auch einige von denen, die zum ersten Mal dabei waren, schwerer Vergehen und Charakterfehler. Denjenigen, die es nicht taten, drohten die Therapeutinnen mit dem Einsatz ›besonderer Mittel‹. Schließlich kam die Reihe an Annette, die schon seit Beginn der Sitzung den Tränen nahe gewesen war. Sie nahm all ihre Kraft zusammen und stammelte einige Worte: »Ich habe doch längst aufgegeben… Ich weiß, dass ich alle Strafen verdient habe und eine kriminelle Psychopathin bin… In Zukunft will ich alles tun, was Sie für nötig halten, um mich zu ändern…«. Schließlich fiel sie auf die Knie und sagte mit tränenerstickter Stimme: »Sie können mit mir machen, was Sie wollen, aber bitte quälen Sie mich nicht länger!« Während die anderen Frauen in der Runde die kniende, tränenüberströmte Gestalt ungläubig und entsetzt anblickten, erhoben sich Claudia und Steffi und halfen Annette aufzustehen. »Unterlassen Sie das!«, sagte die Therapeutin in barschem Befehlston. Anschließend forderte sie Claudia auf, sich zu äußern.

Claudia blickte der Therapeutin ins Gesicht und schüttelte nur kurz den Kopf.

»Sie werden noch viel Zeit haben, an sich zu arbeiten. Wenn nötig, Ihr ganzes Leben lang…«, sagte die Therapeutin.

Danach erklärte sie die Therapiesitzung für beendet, ohne dass Steffi aufgefordert worden wäre, etwas zu sagen. Steffi wunderte sich darüber, obwohl sie nach ihrem Gespräch mit Ulrike ahnte, dass es für die Zurückhaltung der Therapeutinnen ihr gegenüber einen Grund gab.

Anschließend wurde Claudia von einer Beamtin in den Sondertrakt gebracht, während Steffi und Annette zum Essen gingen. In einem unbeobachteten Augenblick umarmte Steffi Annette und sagte: »Ich hoffe, dass du entlassen wirst… Eines Tages wird alles gut werden.« Ein kurzes Lächeln huschte über Annettes Gesicht, das noch immer von Tränen bedeckt war, und sie antwortete: »Danke für deine Unterstützung«. Obwohl der Tag sehr anstrengend gewesen war, konnte Steffi nur wenig essen, und Annette brachte keinen Bissen herunter. Auf dem Weg zurück zum Schlafsaal fiel Steffi einmal mehr deutlich auf, dass sie beide in den vergangenen Wochen erheblich an Gewicht verloren hatten und dass ihnen ihre olivfarbenen Drillichhosen längst zu weit geworden waren. Als sie im Schlafsaal ankamen, zogen sie sich beide rasch um, legten sich ins Bett und schliefen sofort ein, noch bevor das Licht ausgeschaltet worden war.

Am nächsten Tag wurden Steffi, Claudia und Annette zusammen mit anderen Frauen zum Büro des Direktors geführt, um die Entscheidung über ihre Bewährung entgegenzunehmen. Vor allem Annette war stark angespannt und am Ende ihrer seelischen Kräfte, nachdem sie den zweiten Teil der Nacht in schlafloser Unruhe verbracht hatte.

Zuerst kam Claudia an die Reihe, die erstaunlich gelassen wirkte, obwohl sie wusste, was sie erwartete.

Nachdem sie den Raum wieder verlassen hatte, sagte sie: »Ich muss für drei Jahre ins Gefängnis. Es war ja klar, dass es so kommen würde.«

Als Annette aufgefordert wurde einzutreten, war sie in Schweiß gebadet und kaum noch in der Lage zu sprechen.

Nach einigen Minuten des Wartens sahen Claudia und Steffi sie wieder, und sie sagte mit einem Gesichtsausdruck, der sowohl Erleichterung als auch tiefe Resignation verriet: »Ich werde heute auf Bewährung entlassen, muss aber weiterhin einmal in der Woche an einer ambulanten Gesprächstherapie teilnehmen… Außerdem haben sie mich ausdrücklich davor gewarnt, noch einmal auffällig zu werden.«

Schließlich war die Reihe an Steffi, die Entscheidung über ihre Zukunft zu hören. Als sie das Büro des Direktors betrat, befahl ihr eine Beamtin, etwa zwei Meter vor dem Schreibtisch stehenzubleiben.

»Frau Weber, die Entscheidung über Ihre Bewährung ist uns nicht leichtgefallen«, sagte der Direktor. »Sie haben in der Gesprächstherapie keinerlei Einsicht in Ihre Schuld gezeigt, und die Therapeutinnen haben sich deshalb auch strikt gegen eine Bewährung ausgesprochen. Für Sie spricht immerhin, dass Sie in der Arbeitstherapie viel Einsatz gezeigt haben. Ich habe mich deshalb trotz größter Bedenken entschieden, Ihnen die Entlassung zu gewähren. Es war, wie gesagt, eine äußerst knappe Entscheidung. Ich muss Sie ausdrücklich warnen. Wenn Sie hier in Europa noch einmal auch nur in geringster Weise auffällig werden, müssen Sie damit rechnen, Ihre Haftstrafe verbüßen zu müssen. Sie sollten außerdem nicht glauben, dass Sie auf Dauer anderswo Ihre irrigen Ansichten beibehalten und weiterverbreiten können. Wir und gleichgesinnte, fortschrittliche Kräfte in der ganzen Welt arbeiten daran, dass es in der Zukunft keine Inseln des Rückschritts mehr geben wird. Ich muss Sie insbesondere eindringlich davor warnen, Kontakte mit den Feinden der Gesellschaft, die Ihnen unter anderem hier begegnet sind, aufrechtzuerhalten oder neue Kontakte zu knüpfen. Unser Arm reicht weit, und die Entscheidung über die Bewährung kann auch in letzter Minute noch widerrufen werden, solange Sie sich in Europa aufhalten.« Anschließend sagte er, zu der Beamtin gewandt: »Führen Sie sie hinaus!«

Als Steffi den Raum verließ, warteten Claudia und Annette in größerer Entfernung auf sie.

»Hast du deine Bewährung bekommen?«, fragte Claudia.

»Ja, aber sie haben mich natürlich streng verwarnt.«

Claudia umarmte Steffi und antwortete:

»Ich freue mich darüber, dass du entlassen wirst. Deine Auswanderungspläne und deine Bekanntheit haben dir geholfen… Ansonsten…«

»Ich weiß. Du hast es viel schwerer…«

»Ja, sicher, aber diese Leute kriegen mich nicht klein.«

»Das glaube ich auch. Ich bewundere deinen Mut und deine Standfestigkeit«, erwiderte Steffi. Dann tat sie etwas, von dem sie wusste, dass es gefährlich war.

»Ich gebe dir die Adresse der Freundin in Amerika, wo du mich erreichen kannst. Vielleicht kann ich in der Zukunft etwas für dich tun.«

Claudia nahm einen kleinen Kugelschreiber und ein Papiertaschentuch aus ihrer Hosentasche. »Den Kugelschreiber habe ich vor einigen Tagen auf dem Gang gefunden. Natürlich habe ich ihn nicht abgegeben…« Dann schrieb sie die Adresse auf, die Steffi ihr diktierte.

»Danke«, sagte Claudia. »Ich melde mich bei dir, sobald ich kann. Es wird wahrscheinlich längere Zeit dauern…«

»Ich weiß… Aber du hast ja viel Durchhaltevermögen.«

»Das stimmt«, erwiderte Claudia und fuhr fort:

»Ich muss jetzt gehen und meine Sachen packen. Heute Nachmittag werde ich verlegt.«

»Weißt du etwas von Désirée?«

»Noch nicht. Ich habe nur gehört, dass sie gestern Abend die Therapeutinnen auf Knien um Gnade angefleht haben soll«, sagte Claudia mit kaum unterdrückter Wut in ihrer Stimme.

»Mal sehen…«, antwortete Steffi. »Vielleicht kann ich ihr auch irgendwie helfen.«

»Das wäre schön. Sie hätte es verdient… Wie gesagt, ich muss jetzt gehen.«

Die beiden Frauen umarmten sich zum Abschied, und Steffi sagte mit Tränen in den Augen:

»Alles Gute!«

»Danke. Wir sehen uns bestimmt eines Tages wieder.«

»Ich glaube fest daran«, sagte Steffi, bevor Claudia in den Sondertrakt ging, um sich auf die Verlegung vorzubereiten.

»Wirst du auch heute Nachmittag noch entlassen?«, fragte Annette.

»Ja«, entgegnete Steffi und fuhr fort: »Ich würde mich freuen, wenn du dich nach der Entlassung bei mir melden würdest.«

»Das werde ich sehr gerne tun, auch wenn ich weiß, wie

gefährlich es ist… Du und Claudia habt mir beide sehr geholfen.«

Dann nannte Steffi Annette ihre Adresse, während sie beide in den Schlafsaal zurückkehrten, um ihre Sachen zu packen.

Etwa zwei Stunden später wurden Steffi und Annette in die Halle geführt, wo sich die Aufnahmeabteilung befand. Beide erhielten ihre Kleidung und die anderen Gegenstände zurück, die sie beim Antritt der Therapie hatten abgeben müssen. Als sie sich umgezogen hatten und das Therapiezentrum gerade verlassen wollten, sahen sie, wie Désirée die Halle betrat, und beide beschlossen, vor der Tür auf sie zu warten. Kurz darauf brachte eine Beamtin sie zum Ausgang und öffnete dieselbe Tür, durch die Steffi vor sechs Wochen das Zentrum betreten hatte. Als Steffi ins Freie trat, wurde ihr bewusst, wie sehr diese Zeit sie verändert hatte. Es war ein warmer Frühlingsnachmittag, und nichts erinnerte in den belebten Straßen, in denen die Bäume in vollem Grün standen, an die bedrückende Atmosphäre, die Steffi und ihre Leidensgenossinnen in den letzten Wochen erlebt hatten.

Nach wenigen Minuten verließ auch Désirée das Therapiezentrum, noch immer gezeichnet von den Erfahrungen der letzten Tage.

»Ich bin auch entlassen worden, aber wie Annette muss ich einmal pro Woche an Gesprächstherapiesitzungen teilnehmen…«, sagte sie zu Steffi und Annette.

»Ich hoffe, dass für dich jetzt wenigstens das Schlimmste vorbei ist…«, antwortete Steffi und umarmte sie.

»Ich weiß nicht, was jetzt aus mir werden soll. Meine Stelle als Gebäudereinigerin wurde mir unmittelbar vor Beginn der Therapie gekündigt. Ich muss jetzt versuchen, mich irgendwie als Putzfrau durchzuschlagen. Wenigstens habe ich noch meine kleine Wohnung.«

»Falls du Probleme haben solltest, kannst du dich bei mir melden«, sagte Steffi und gab Désirée ihre Adresse.

»Wir sollten uns ohnehin alle wiedersehen, bevor ich nach Amerika gehe«, fuhr Steffi fort, während die drei zur nächsten U-Bahnhaltestelle gingen.

Annette und Désirée nickten und versprachen, sich bald bei Steffi zu melden.

»Ihr könnt gerne zusammen kommen. Ich werde in den nächsten Wochen ohnehin meistens zu Hause sein.«

»Das ist eine gute Idee«, erwiderte Désirée. »Vielleicht schon Ende der Woche…«

»Dann alles Gute und bis bald«, sagte Steffi zu Désirée, die eine andere U-Bahn nehmen musste als Steffi und Annette.

Nachdem sie sich von Désirée verabschiedet hatten, fragte Steffi Annette:

»Was machst du jetzt?«

»Du weißt, dass ich meine Stelle im Orchester verloren habe. Ich werde mir jetzt wohl Arbeit als Musiklehrerin suchen müssen. Das wird sicher mit einer Therapie als Vorstrafe nicht leicht werden. Immerhin verdient mein Mann so viel, dass wir auch ohne mein Einkommen für eine Weile über die Runden kommen.«

»Was ist dein Mann von Beruf?«

»Er ist Mathematiker in einem großen Unternehmen… Ich hoffe, dass er nicht wegen meiner Vorstrafe seine Arbeit verliert.«

»Ich hoffe das Beste für dich. Wir können über alles ja noch ausführlich reden, wenn wir uns in ein paar Tagen wiedersehen.«

»Das stimmt«, antwortete Annette und umarmte Steffi kurz, bevor sie die U-Bahnhaltestelle erreichten. Nach einigen Stationen musste Annette aussteigen. Steffi dagegen fuhr wie immer bis zum Hauptbahnhof und nahm von dort einen Vorortzug.

Als sie vom Bahnhof nach Hause lief, sah sie durch die Blätter der Alleebäume den Fluss, und ihre Blicke streiften den

Ort, wo sich der Kanal befinden musste, den sie noch wenige Tage zuvor gereinigt hatten. Jetzt, in der friedlichen Frühlingsidylle, wirkte diese Welt unter der Oberfläche, in die sie in den letzten Wochen vorgedrungen waren, so unwirklich wie ein Albtraum. Doch wurde ihr im selben Augenblick schmerzhaft bewusst, dass all das, was ihr dort widerfahren war, kein Traum, sondern Teil der Wirklichkeit war.

Als sie die Haustür öffnete, kam ihr Ulrike entgegen und umarmte sie.

»Ich kann gar nicht beschreiben, wie sehr ich dich vermisst habe!«, sagte sie.

»Mir geht es genauso…«, antwortete Steffi.

»Mein Gott, du hast stark abgenommen.«

»Das stimmt… die Arbeit, der ständige seelische Druck, du weißt schon…«

Kurze Zeit später saßen beide im Wohnzimmer, und Steffi erzählte Ulrike von ihren Erlebnissen.

»Der Abwasserkanal, den wir gereinigt haben, war nicht weit entfernt von hier«, sagte sie.

»Vielleicht war es Einbildung, aber ich hatte immer das Gefühl, dass du mir sehr nahe warst.«

»Nein, es war keineswegs nur Phantasie, es war tatsächlich so«, sagte Steffi und umarmte Ulrike. Dann fuhr sie fort: »Die Welt dort unten ist ganz anders… Im Vergleich dazu wirkt der heutige Tag wie schöner Schein.«

»Auch da hast du leider recht«, erwiderte Ulrike.

Nachdem sie Ulrike über eine Stunde lang von ihrer Arbeit im Abwasserkanal und dem Leben im Therapiezentrum erzählt hatte, sagte Steffi:

»Ich war auf vieles gefasst, aber die Wirklichkeit hat meine Befürchtungen noch übertroffen…«

»Es war fast wie in der Drückerkolonne…«

»In gewisser Weise ja… Der Terror war subtiler, aber vielleicht sogar schlimmer, weil wir noch mehr das Gefühl hatten, hilflos zu sein.«

Ulrike nickte stumm und mit einem Ausdruck des Entsetzens. Dann sagte sie:

»Jetzt kannst du dich jetzt erst mal erholen… Ich hoffe, dass ich dir ein wenig dabei helfen kann.«

»Ganz bestimmt. Jetzt wirkt alles schon wieder etwas anders, ein wenig ferner als noch vor ein paar Stunden… Übrigens, was macht der Verkauf des Hauses?«

»Es ist so gut wie geschafft. Wir haben einen Käufer… Wenn du mit allem einverstanden bist, können wir in den nächsten Tagen zum Notar gehen. Ich habe schon einen Vertragsentwurf«, sagte Ulrike und zeigte Steffi den vorbereiteten Vertrag.

»Sehr gut«, antwortete Steffi. »Der Preis ist besser als erwartet.«

»Der Makler, den dein Anwalt empfohlen hatte, hat gute Arbeit geleistet, auch wenn er immer wieder bedroht wurde, und vor etwa einer Woche hat sich dann der jetzige Kaufinteressent gemeldet. Anfangs hatte es freilich immer wieder Probleme gegeben… Fast jeden zweiten Tag war das Haus mit Parolen beschmiert worden, die ich erst mühsam entfernen musste, bevor ein potentieller Käufer zur Besichtigung kam. Glücklicherweise haben mir die jungen Männer, die dir damals bei dem Angriff auf der Straße geholfen haben, ihre Unterstützung angeboten, und wir konnten die Schmierereien jedes Mal rechtzeitig übermalen. Gottseidank wurden diese Vorfälle gegen Ende seltener.«

»Das ist sehr nett von den jungen Männern. Ich hoffe, dass sie keine Schwierigkeiten bekommen.«

»Na ja…, ich glaube, die Polizei ermittelt schon gegen sie, freilich wegen irgendwelcher anderer ›Vergehen‹. Du weißt, was das heißt.«

166

Steffi nickte und sagte:

»Ich weiß nicht, ob wir etwas für sie tun können… Ich werde ihnen auf jeden Fall unsere zukünftige Adresse geben, wie meinen Leidensgenossinnen im Therapiezentrum.«

»Das ist sicher eine gute Idee«, antwortete Ulrike und fuhr fort:

»Es gab noch einige weitere Schikanen. Am Anfang erschienen manchmal schwarz gekleidete junge Männer auf der anderen Straßenseite und starrten unser Haus an… Am nächsten Tag fand ich dann Zettel im Briefkasten, auf denen ich aufgefordert wurde, mich von dir zu trennen. Das hat freilich nach einiger Zeit aufgehört.«

»Vielleicht gibt es dafür einen Grund… Du hast mir erzählt, dass eine Musikhochschule in Amerika, bei der ich mich beworben hatte, Kontakt zum amerikanischen Konsulat aufgenommen hat. Ich konnte damals natürlich nicht darüber sprechen, aber mir war aufgefallen, dass ich nach kurzer Zeit in der Gesprächstherapie weniger aggressiv behandelt wurde als andere, und zum Schluss war ziemlich deutlich, dass ich ohne die offenkundige Unterstützung nicht entlassen worden wäre.«

»Einen solchen Zusammenhang habe ich auch schon vermutet. Mehrere Musikhochschulen haben großes Interesse an dir. Auf deinem Computer sind viele E-Mails, die du dir unbedingt sofort anschauen solltest.«

»Das werde ich gleich tun«, antwortete Steffi.

»Es scheint, dass die Regelung, nach der ›deviante Personen‹ bald nicht mehr ausreisen dürfen, ein wenig abgemildert wird. Die Nachfrage nach bestimmten Fachkräften ist außerhalb Europas sehr groß, und die Europäer fürchten um ihren weltweiten Ruf. Bauingenieure werden übrigens ausdrücklich als einer der begehrtesten Berufe genannt.«

»Vielleicht ist das eine Chance für Claudia, Annette und Désirée.«

»Das ist nicht ausgeschlossen«, erwiderte Ulrike.

Anschließend las Steffi ihre Mails und fand in der Tat mehrere Nachrichten, in denen ihr Stellen an Konservatorien angeboten wurden. Eine bekannte Musikhochschule in New York war besonders interessiert. Steffi nahm das Angebot sofort an und dankte für die hilfreiche Unterstützung. Nach der bedrückenden Zeit im Therapiezentrum war sie froh, dass wenigstens ihre berufliche Zukunft gesichert schien, zumal auch mehrere Konzertveranstalter Steffi ihre Zusammenarbeit angeboten hatten.

Wenig später besuchten die beiden Steffis Anwalt, der Steffi darum gebeten hatte, ihm vom Therapieseminar zu berichten.

Als Steffi ihm alles erzählt hatte, sagte er:

»Es war noch schlimmer, als ich es erwartet hatte. Das unterstreicht leider die allgemeine Tendenz in letzter Zeit. Es freut mich, dass Ihre Auswanderung mittlerweile so gut wie gesichert ist. Die Unterstützung der Musikhochschule und des amerikanischen Konsulats hat in der Tat eine entscheidende Rolle bei Ihrer Entlassung gespielt. Ohne diese Hilfe hätten Sie Ihre Haftstrafe verbüßen müssen.«

»Glauben Sie, dass ich meinen Mitgefangenen aus der Zeit der Therapie irgendwie helfen kann?«

»Nun, dass Sie ihnen Ihre Adresse gegeben haben, ist zwar nicht ohne Risiko, kann aber später für sie hilfreich sein. Sie wissen sicher, dass für bestimmte Gruppen Ausnahmen vom Ausreiseverbot im Gespräch sind. Die Voraussetzung für ein Visum ist allerdings, dass die zukünftigen Auswanderer Bürgen in Amerika finden.«

»Ich glaube, das wäre kein Problem«, antwortete Steffi und sah Ulrike an, die kurz nickte.

»Wie sehen Ihre Pläne für die Zukunft aus?«, fragte Steffi anschließend.

»Ich und meine Familie werden in wenigen Wochen nach Australien gehen. Die Aufenthaltsgenehmigung ist schon bewilligt worden. Wir haben Verwandte und Freunde dort.«

»Dann werden wir also wahrscheinlich etwa zur selben Zeit Europa verlassen…«

»Ja, wir fliegen vermutlich zwei Wochen nach Ihnen.«

»Es freut mich, dass Sie unter den jetzigen Umständen nicht hierbleiben müssen.«

»Es ist in der Tat besser… Ich hoffe, dass wir in Kontakt bleiben werden.«

»Auf jeden Fall«, antwortete Steffi, bevor sie sich verabschiedeten.

Etwa eine Woche nach dem Gespräch mit dem Anwalt verkauften Steffi und Ulrike ihr Haus und begannen sich auf die Abreise vorzubereiten. Sylvia und Sarah hatten schon eine Wohnung in der Nähe von New York gefunden, in der Steffi und Ulrike ihre ersten Monate in Amerika würden verbringen können.

Einige Tage vor ihrem geplanten Abschied von Europa erhielten die beiden Besuch von Annette und Désirée, und auch die jungen Männer aus der Nachbarschaft, die Steffi und Ulrike geholfen hatten, waren an diesem Nachmittag gekommen.

Steffi dankte ihnen nochmals für ihre Unterstützung und gab ihnen ihre zukünftige Adresse.

»Ich habe gehört, dass ein Strafverfahren gegen euch eingeleitet worden ist.«

»Ja«, antwortete einer der beiden. »Unsere Hilfe für euch spielt dabei allerdings die geringste Rolle. Das Entscheidende ist, dass wir uns im Internet wiederholt negativ über die 'Eine Welt der Gerechtigkeit' geäußert haben. Wenn wir verurteilt werden, blüht uns vielleicht auch ein Therapieseminar…«

Steffi wirkte bedrückt und antwortete:

»Ihr könnt euch jederzeit an uns wenden, wenn wir euch helfen können.«

»Danke. Es kann sein, dass wir irgendwann darauf zurückkommen«, erwiderte einer der beiden jungen Männer.

Dann fragte Steffi Annette, wie es ihr gehe.

»Ein wenig besser«, entgegnete sie. »Ich habe für ein paar Stunden pro Woche eine Stelle als freiberufliche Mitarbeiterin an einer Musikschule gefunden. Das Bedrückendste ist freilich, dass ich nach wie vor jede Woche an einer Gesprächstherapiesitzung teilnehmen muss. Du weißt ja, was das bedeutet… Ich hoffe, dass niemand davon erfährt, dass ich heute hier bin. Das könnte mein Ende bedeuten. Ich weiß nicht, ob ich einen Gefängnisaufenthalt überleben würde.«

Steffi senkte nur stumm den Kopf und legte zum Trost einen Arm um Annettes Schulter.

Auch Désirée erzählte, dass sie jede Woche zur Gesprächstherapie erscheinen müsse und dass die Zahl der wöchentlichen Sitzungen sogar auf zwei erhöht worden sei.

»Sie wollen immer neue Eingeständnisse, dass ich seelisch gestört und ein nutzloses Mitglied der Gesellschaft bin… Schließlich habe ich vor lauter Verzweiflung darum gebeten, an den Wochenenden ›freiwillige‹ Arbeit leisten zu dürfen… Seitdem schufte ich jeden Samstag und Sonntag je acht bis zehn Stunden auf einem Bauernhof. Nachdem ich das ganze Wochenende über Ställe ausgemistet und Jauchegruben geleert habe, bin ich während der Woche oft todmüde. Sie lassen dich nie in Ruhe. Dabei bin ich doch schon längst am Ende… Meine Beziehung war schon vor dem Aufenthalt im Therapiezentrum zerbrochen, und fast alle meine Freunde wollen nichts mehr mit mir zu tun haben«, sagte sie mit einem Ausdruck tiefer Niedergeschlagenheit. Nach einer kurzen Pause fuhr sie fort: »Immerhin habe ich einen Job als Putzfrau gefunden, mit dem ich mich mehr schlecht als recht über Wasser halten kann…«

»Wenigstens etwas…«, antwortete Steffi und umarmte Désirée.

»Ich habe möglicherweise eine gute Nachricht für dich«, sagte Ulrike. »Gestern habe ich gelesen, dass auch Angehörige bestimmter Minderheiten in Zukunft vielleicht noch nach Amerika werden ausreisen können.«

»Wenn nötig, würden wir für dich bürgen«, sagte Steffi.

»Danke«, antwortete Désirée mit einem Lächeln, das ein wenig Hoffnung verriet. Dann fuhr sie fort: »Wenn es bis dahin nicht zu spät ist…«

»Mein Gott, Désirée«, sagte Steffi und legte einen Arm um Désirées Schulter. »Ich weiß, wie du dich fühlst, aber du darfst die Zuversicht nicht aufgeben. Wie gesagt, vielleicht können wir etwas für dich tun.«

»Das ist sehr nett von euch«, antwortete Désirée mit tränenerstickter Stimme. »Ich würde auch in Amerika meinen Lebensunterhalt selbst verdienen…«

»Das wissen wir«, antwortete Steffi.

Nachdem Annette, Désirée und die beiden jungen Männer gegangen waren, sagte Ulrike zu Steffi:

»Großer Gott, die Erfahrungen, die ihr in dieser sogenannten Therapie gemacht habt, sind furchtbar. Das hätte selbst ich mir so nicht vorgestellt. Wer einmal in die Mühlen dieser Umerziehung geraten ist, den lassen sie, wenn überhaupt, erst dann in Ruhe, wenn auch der letzte Funke des Widerstands und eines freien Willens erloschen ist… Ich hoffe, dass die beiden diesen Terror irgendwie überstehen.«

»Das hoffe ich auch. Und sie sind nur zwei von vielen…«

Als wenig später der Tag ihrer Abreise gekommen war, fuhren Steffi und Ulrike am späten Vormittag zum Flughafen, nachdem sie dem Makler mit einer gewissen Wehmut die Schlüssel des Hauses übergeben hatten.

Bei ihrer Ankunft fielen ihnen die vielen Polizisten und Soldaten auf, die an diesem Tag am Flughafen patrouillierten.

»Weißt du, was es mit all dem Sicherheitspersonal auf sich hat?«, fragte Steffi.

»Nein«, antwortete Ulrike. »Vielleicht hat die Anwesenheit dieser Polizisten damit zu tun, dass in einigen Tagen sogenannte deviante Personen nicht mehr ausreisen dürfen…«

Nachdem die beiden ihr Gepäck aufgegeben und die Sicherheitskontrollen passiert hatten, sahen sie, dass sich vor der Passkontrolle eine lange Schlange gebildet hatte.

»Offenbar wird besonders gründlich kontrolliert«, sagte Ulrike.

»Ja«, antwortete Steffi mit einer gewissen Anspannung.

Als sie an der Reihe waren, gab Ulrike dem Grenzbeamten ihren Pass. Der Beamte prüfte ihn sorgfältig und brachte auf einer leeren Seite einen Ausreisestempel an.

Nachdem Steffi dem Grenzpolizisten ihr Reisedokument ausgehändigt hatte, blickte er auf den Computerbildschirm vor ihm und sagte:

»Einen Augenblick.«

Dann sahen Steffi und Ulrike, wie der Beamte mit einem Kollegen sprach und dabei auf die beiden und insbesondere auf Steffi zeigte.

Schließlich kehrte er zurück und sagte zu Steffi:

»Sie müssen mitkommen.«

»Aber wieso? Es ist doch eigentlich alles in Ordnung…«, sagte Steffi entsetzt.

»Wir müssen einige Dinge klären«, antwortete der Polizist.

»Kann ich bei ihr bleiben?«, fragte Ulrike.

»Nein, warten Sie hier!«, entgegnete der Grenzbeamte.

Danach führte er Steffi in einen Raum hinter den Abfertigungsschaltern. Bevor sich die Tür hinter ihr schloss, warf Steffi Ulrike einen kurzen, beinahe verzweifelten Blick zu.

Der fensterlose Raum enthielt außer vier Stühlen kein Mobiliar und war durch Neonröhren hell erleuchtet. Außerdem hatte Steffi den Eindruck, dass er schallisoliert war, weil von außen keinerlei Geräusche hereindrangen. Die Eingangstür war verstärkt und mit einem elektronischen Schließsystem gesichert. Daneben hatte der Raum noch eine zweite Tür, durch die der Beamte den Raum wieder verlassen hatte.

Steffis Herz raste, und sie war kaum noch zu klaren Gedanken fähig. All die Ängste und all die Verzweiflung, die sie in den letzten Wochen erlebt hatte, wurden mit einem Schlag wieder wach. Sie spürte den Schweiß auf ihren Händen und fühlte einen nagenden Kopfschmerz, der rasch heftiger wurde. In ihrer Vorstellung sah sie sich in einer Zelle im Sondertrakt des Therapiezentrums, in einem von Ratten wimmelnden Abwasserkanal und in einer Einzeltherapie, in der sie nach mehreren schlaflosen Nächten dazu gedrängt wurde, sich immer weiterer Verbrechen und seelischer Abnormitäten zu bezichtigen. Je mehr Zeit verging, desto bedrängender wurden ihre Albträume und der bohrende Kopfschmerz, bis sie weder ein noch aus wusste und von einer tiefen Hoffnungslosigkeit überwältigt wurde.

Nach einer Ewigkeit öffnete sich schließlich die zweite Tür. Steffi betrachtete für einen Augenblick den Beamten in seiner Uniform mit Schlagstock und Handschellen, wagte es aber nicht, ihm ins Gesicht zu sehen. Er schien einen Augenblick zu zögern. Dann zog er Steffis Pass aus seiner Brusttasche und gab ihn ihr zurück. Anschließend öffnete er wortlos die Eingangstür, und Steffi ging hinaus, ohne zu wissen, wie ihr geschah. Erst als Ulrike sie umarmte, nahm sie die Welt um sich herum wieder wirklich wahr. Beide weinten vor Erleichterung, und schließlich sah sich Steffi ihren Pass an, der auf einer der letzten Seiten den Ausreisestempel enthielt. Ihm war ein kurzer Vermerk angefügt: »Wiedereinreise nicht gestattet«.

»Mein Gott, ich habe gedacht, dass du verhaftet wirst«, sagte Ulrike.

»Ich glaube, das hätte leicht passieren können«, antwortete Steffi und fuhr fort: »Ich werde erst dann wirklich aufatmen, wenn wir in der Luft sind.«

Während sie am Flugsteig auf das Einsteigen warteten, beobachteten beide voller Anspannung die Polizisten, die mit Hunden das Flughafengebäude genau kontrollierten, und Steffi fürchtete nach wie vor, dass sie noch in letzter Minute festgenommen werden könnte. Erst als sie im Flugzeug saßen, begann sie sich langsam zu entspannen. Es war ein Frühsommernachmittag, an dem dunkle, tiefhängende Wolken längeren Regen ankündigten. Als das Flugzeug abhob, sah sie für einige Augenblicke den Vorort, in dem sie lange Zeit gelebt hatten, und den Fluss, in dessen Nähe sich das Kanalsystem befand. In diesem Moment erschienen, wie so oft in den letzten Tagen, die Erinnerungen an die Ereignisse der vergangenen Monate vor ihrem inneren Auge, die sich für immer in ihr Gedächtnis eingebrannt hatten. Nach einigen Sekunden tauchte das Flugzeug in die Wolken ein, deren düsteres Grau selbst die Tragflächen ihren Blicken entzog. Erst allmählich wich die Dunkelheit der Helle, und schließlich erschien die Sonne, während das Flugzeug höher stieg und Abstand von den Wolken gewann. In der Ferne erkannte Steffi drei der höchsten Wolkenkratzer der Innenstadt, deren oberste Stockwerke sich über die Wolken erhoben, bevor sie die Stadt und das Land unter den Wolken für immer hinter sich ließ.